Hikaru Sugii & Kurodeko

東池袋ストレイキャッツ

East Ikebukuro Stray Cats

Lyrics♪杉井 光　Illustration♪くろでこ

引きこもりだった高校生
ハル Haru

セミアコースティックの幽霊

デジタルによって音が劣化しなくなった代わりに、僕らが受け取るべきだった哀しみはどんどん磨り減っていく。

それなら、痛みを忘れないためにどうすればいい？

自分で歌うしかない。弦で指先に血をにじませて、池袋の排気ガスくさい風に喉を嗄らし、笑い声にも足音にも耳をふさいで、死者の声に自分の声を重ねて。

どこにも届かなくていい。

ただ自分の中のからっぽに響かせて、どれほどのものが喪われたのかをたしかめるためだけに、歌う。

ギタリストの幽霊
キース・ムーア Keith Moore

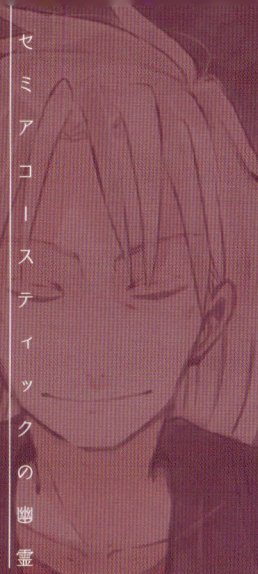

アンプラグドの涙

自分の声で空がどこまでも押し広げられていく、という感覚を、僕はその日はじめて味わった。翼なんてなくても、海の向こうまで飛んでいけそうな気がした。みんなこの瞬間のために歌っているんだ、と確信できた。

この瞬間のために——生きているんだ。

いつかミウが言った通りだ。最高の気分だった。

空飛ぶ最終列車

「……36点」

ミウがぼそりとつぶやき、僕を数センチだけ現実の方に引き戻した。僕は肩を落として彼女を見た。

「先週より6点高いのはなんでなの」

「チューニングが合ってた」

それだけかよ。あいかわらず厳しいな。

正体を隠した野良猫
ミウ Miu

そばで見つめていたい

僕はそっと歌い出す。わずかに歩調をずらして玲司さんの声が僕の旋律の空白を埋める。彼が少年の声で問いかけてくる。夜がやってきてあたりが闇に包まれ、照らすものが月明かりばかりになっても――怖くない。怖くないよ。あなたがそばにいてくれるから。

野良猫は明日を知らない

ほんとうに、身を焦がすような歌だ。僕には眩しすぎる。

やがて、背中に重みが押しつけられる。体温と、遠い鼓動が伝わってくる。

ミウが僕に合わせて口ずさむ歌声さえも。

僕らは背中合わせで座り、みじめなビルの屋上から薄汚れた夜空に向かって歌い続けた。

東池袋ストレイキャッツ

East Ikebukuro StrayCats

CONTENTS

Design ♪ Toru Suzuki

東池袋ストレイキャッツ
East Ikebukuro Stray Cats

Lyrics♪杉井 光　Illustration♪くろでこ

ひとりで思うのは賢いことだけれど
ひとりで歌うのは――愚かなこと

『プリンツ・フォーゲルフライの歌』フリードリヒ・ニーチェ

セミアコースティックの幽霊

East Ikebukuro Stray Cats

ＣＤケースの厚みがだいたい１センチだということを、僕はその夜はじめて知った。１６５枚を積み重ねたらだいたい僕の身長と同じくらいになったからだ。１６６枚目をてっぺんに置こうとしたとき、塔が崩れた。痛々しい音をたてて、色とりどりのジャケットが床に散らばる。僕はあわてて拾い集め、それぞれ蓋《ふた》を開いて中のディスクの無事を確かめ、息をついて床にへたり込む。

なにをやっているんだろう、僕は。

見回せば、どれも死んだ人間の音楽だ。ジョン・レノン、ジャニス・ジョプリン、ジム・モリソン、ジミ・ヘンドリクス……。

意識して死人のレコードばかり買い集めていたわけではない。ＣＤラックを整理していて、ふと思ったのだ。頭文字がＪのミュージシャンって死んでるやつばっかりだな、と。それから棚全体を見渡して気づく。頭文字なんて無関係だった。そもそも僕の蔵盤は死者の音楽ばかりだったのだ。

どれくらいの割合なのか知りたくなって、一枚ずつ取り出し、死んでいる組と生きている組に分類し始めたのが失敗だった。死者の塔ばかりがうずたかく積み上がり、こうして僕の背丈を超えて崩れてしまったわけだ。

どうしてこんなにたくさんの死に取り巻かれていたんだろう。僕が単に古くさい音楽ばかり好んでいるだけなのだろうか。それとも、部屋に閉じこもってほとんど息をしていないも同然の生活をしていると、死のにおいに惹《ひ》かれてしまうのだろうか。

首を持ち上げ、無事なままのもう一方の塔——わずか六センチの高さの「生存組」に目をやり、いちばん上の一枚を手に取る。夜明けの空を背に黒煙の尾を引いて燃えながら飛んでいく複葉機《ふくようき》を描《えが》いた印象的なジャケット。バンド名は"Day Dream Drunkard"。僕の持っているCDの中で唯一、メンバー全員が生きていて解散もしていないグループだ。裏返すと、バンドのフロントマンであるキース・ムーアがトレードマークの真っ赤なでかいギターを肩に担《かつ》いで歯を剝《む》いて笑っている。肩まである長い金髪はくたびれきって冬枯れの芝みたいで、両眼はぎらぎらと僕をにらんでいる。

僕がかろうじて生きているただひとつの証《あかし》——のような気がしてきて、僕はCDケースをそっと胸に押しつける。中学生のときにDDDをはじめてラジオで聴いて、そのとき出ていた四枚のアルバムを全部買った。以来、もう何千回聴いただろう。愛聴するミュージシャンの新譜発売をリアルタイムで経験するのもはじめてのことだった。

僕が自殺しないでいられたのも、キースのおかげかもしれなかった。屋上から飛び降りたり風呂場で手首を切ったりする代わりに、僕はキースの歌声に満ちたこの部屋に逃げ込むことを選べた。何百もの死と、たったひとつの生とがいつでも僕を待ってくれている、この場所に。

いつかDDDのライヴに行ってみたい、と思う。最近は本国アメリカ以外でも人気に火が点いたらしく、去年はついに初来日したのだ。キースをこの目で見て、歌声を、バンドの音を、肌で感じたい。

でも、無理な話だった。あの薄っぺらいドア一枚を開いてトイレに行くのにさえ、部屋中の埃《ほこり》っぽい勇気をかき集めなきゃいけないくらいなのだ。

§

十三歳のときから学校に行かなくなって、もう二年以上になる。

部屋に閉じこもっている間、ネットでいじめについての様々な記述を読んだけれど、どれも役には立たなかったし心に響くものもなかった。なぜいじめが起きるのか、どうしたらなくなるのか……。馬鹿馬鹿《ばかばか》しくて無駄《むだ》な文章ばかりだった。穴があって雨が降れば水がたまるのは当たり前だ。なぜ雨が降るのかとか穴をどうやって埋めるのかとかはどうでもよかった。穴の中の僕はとにかく苦しくて息ができなくて楽になる方法を知りたかったのだ。

僕は人と話すのが苦手だったし、外に出て身体《からだ》を動かすのも好きじゃなかったし、他人と一《いっ》緒《しょ》になにかするよりは部屋で本を読んだり音楽を聴いたりすることを選ぶ子供だった。中学校でも、休み時間になればイヤフォンでずっと音楽を聴いていたので、そのうちに僕のすぐ近くで悪口を言うのが流行《はや》るようになった。こっちに聞こえないのをいいことに、すぐ隣の席にみんなで集まって、気づかれないようにどれだけ過激な陰口を叩《たた》けるのかというゲームをしていたらしい。もちろんイヤフォンをしていたって曲と曲の切れ目に漏《も》れ聞こえる会話ですぐに気づく。じきに僕は休み時間をずっとトイレで過ごすようになった。便器に腰掛けて、大昔の錆《さ》びついてはいるけれど輝きを失わないロックミュージックに没頭した。当然の帰結として、僕にはアンモニア臭《しゅう》のする下品なあだ名がつけられた。

はじめてクラスメイトに金を持ってくるように要求されたのは、中学二年生になったばかりの四月のことだった。

それまでにも、トイレの個室に入っているところに上からバケツで水を浴びせられたり、上《うわ》履《ば》きを給食のマーガリンまみれにされたり、体操着を鋏《はさみ》でずたずたにされたことはあった。性根が暗くて嫌われている自分はそれくらいされて当然だと思っていた。あるいはそう言い聞かせることでなんとか我慢《がまん》できていたのかもしれない。

でも、明日までに一万円持ってこいと言われ、持っていないと答えると腹に何度も何度も膝《ひざ》蹴《げ》りされ、家に帰って母親の財布から一万円札を抜き取ろうとしたところを見つかり、父に顔の形が変わるほど殴《なぐ》られたとき、僕は自分の意識が身体から15センチくらいずれたような感覚に囚《とら》われた。

嫌われているとかそういう問題じゃなかった。このままだとだめだ、と僕ははじめて切実に感じた。だれが悪いのか、だれを憎めばいいのか、そんなことを考えている余裕はなかった。僕の現実がみしみしと音を立てて潰《つぶ》れつつあったのだ。

僕は四月の終わりから学校に行かなくなった。

部屋に閉じこもって、息を殺して二年間を過ごした。二つに割れてしまった土の塊《かたまり》を必死にくっつけ合わせるようにして、乖離《かいり》しかけた僕と僕自身とを両手で押さえつけ、あと二年、あと二年、と言い聞かせながら僕はひとりで受験勉強を進めた。高校に入ればなにもかもをリセットできる、新しい自分を始められる、と思い込んでいた。なるべく遠くの、知り合いなんてだれひとりいない高校がいい。できれば東京の学校がいい。うんざりするほどたくさんの人の中にまぎれてしまえば、だれも僕のことなんてつつき回そうとは思わないだろう。

ドアの外で時間は奇妙《きみょう》に早く流れていった。父は母を、母は父を、担任教師は両方を責めていた。床づたいにそんな彼らの醜《みにく》い声が聞こえてきたとき、僕はヘッドフォンをかぶって音楽に意識を浸《ひた》した。海の向こうの国の、もう生きてもいない人たちの歌声だけが、僕にとっては熱く確かに脈打つリアルだった。

だから、だろう。高校に受かった僕は、入学式の翌週から登校しなくなった。

新入生の中に、僕の中学校の出身者を見かけたから——というのはきっかけに過ぎなかった。

僕をいじめていた連中のだれかではなかったし、名前も思い出せなかったからひょっとすると僕の見間違いかもしれなかった。でも、とにかくそこで夢が醒《さ》めたのだ。

　必死に受験勉強している間はまだよかった。合格して、春が巡ってきて、同じ服を着た同い年の連中の間に放り込まれてみれば、僕を取り巻いているのはよく知っている寒々しさだった。たまらなく怖かった。だれとも話す気になれなかったし、一緒《いっしょ》の部屋に他人がいること自体が息苦しかった。また中学と同じことが起きるかもしれない、と考えたら、次の日からもうベッドを出られなくなった。

　母はただ泣いた。父はため息ばかりついた。二度目なのだ。人はなんにでも慣れてしまう。未来のことなんてひとつも考えられなかった。ずっとそんなふうにしてステレオの左右スピーカーの間でつまらない人生がじりじり削れていくものだと思っていた。

　でも、十五歳の五月に、僕を分厚く包んでいた音楽はまったく唐突《とうとつ》に砕《くだ》け散って消えた。

　キース・ムーアが死んだのだ。

§

訃《ふ》報《ほう》は、ＤＤＤの新譜の情報をネットで探しているときに目に入った。

アメリカの人気ハードロックバンド、デイ・ドリーム・ドランカードのヴォーカリスト、キース・ムーアさんが、カリフォルニア州ロサンゼルス郊外のサンタ・クラリタで起きた交通事故で亡くなった。三十一歳だった。ムーアさんの運転するBMWは走行中に街路樹に激突、爆発炎上し……

僕の目はPCモニタの上を何度も何度も滑った。しばらく意味が理解できなかった。つながりを見失った言葉たちが、水の中で溶けた紙みたいに散り散りになって漂っていた。ノートPCを閉じ、音楽を止め、カーテンを開いて午前三時の真っ暗な空を見つめる。スマートフォンを手に取る。気づけばキースの名前で検索し、同じニュースにたどり着いている。

キース。ぐしゃぐしゃに潰《つぶ》れて燃え上がるBMWの車体。運転席からオイルに混じって流れ出し道路を黒く濡《ぬ》らす血。目を閉じていてもイメージがまぶたを強引にこじ開けて脳に這入《はい》ってくる。

腹の底の方でなにかがのたうち回った。吐《は》き気だと気づくのにだいぶ時間がかかった。僕はトイレに駆《か》け込み、ほとんど食べていない夕食と胃液を便器にぶちまけ、あえいだ。廊下を這って部屋に戻り、毛布にくるまり、ヘッドフォンをかぶってノイズの中で目を閉じた。

目を醒《さ》ましても嘘《うそ》にはなっていなかった。ネット上にはさらに詳《くわ》しいニュースが出回っていたし、こっそり居間に行って新聞を広げてみると、小さな記事でキースの死が報じられていた。もう吐くものは残っていなかったけれど、内臓が痙攣《けいれん》するのがわかった。ひどく喉《のど》が渇《かわ》いていたのに水を飲むのも怖かった。

再びベッドに戻った。なにも音楽を聴く気になれなかった。太陽が昇っている間もこの街はこんなに静かだったのか、と僕は思った。あるいは僕の耳と意識が音を拒《こば》んでいたのかもしれない。眠気もやってこなかった。床に積んだＤＤＤのアルバムをじっと見つめ、僕はただ夜を待った。

懐かしい温かい暗闇《くらやみ》が訪れても、やっぱりオーディオラックに近づく気は涌《わ》いてこなかった。円盤に封じ込められて色褪《いろあ》せないキースの歌声を聴きたい気持ちは強まるばかりだったけれど、同時に、聴いてしまえば彼の死を認めるようで、ベッドから降りることさえできなかった。毛布を頭からかぶり、僕は自分の心臓のビートだけをひたすら数えた。

このままじっと動かずに飢え死にしようかとさえ思った。

こんなにどうしようもない僕がまだ生きているのに、キースがもういないなんて、どうしても信じられなかった。

§

けれど過ぎゆく時間は優しくも残酷《ざんこく》なもので、一週間ほどたった頃には僕も現実を受け入れ始めていた。心配した母親が持ってくる食事にも手をつけたし、ネットを見ればＤＤＤのコンサートはすべてキャンセルになっていたし、制作途中だった新作アルバムは残りのメンバーの手で仕上げるらしいというニュースも出回っていた。

発売されても買わないだろう、と僕は思った。そんなことをしたら、僕の部屋に何百と棲《す》み着いた死者の列にキースを加えることになってしまう。

……いや、なにを考えてるんだ僕は。とっくにキースはそちら側だ。

訃報《ふほう》に触れてから音楽を一切聴いていないのも、そのせいかもしれなかった。まるで自分がキースを殺してしまったみたいに思えてきた。この部屋にたまった死のにおいで、彼のいのちは汚《けが》され侵蝕《しんしょく》されたのではないか、と。くだらない妄想《もうそう》だったけれど、止まらなかった。僕はそのときくたびれて干からびて萎《な》えて混乱していて、なにもかもをだれかのせいにしたくてたまらなかったのだ。そして他人との接触をまったく持っていなかった僕にとって、標的は自分自身しかいなかった。僕が悪いんだ。キースは僕のせいで死んだんだ。不思議と、そう考えるといくらか息苦しさが薄らいだ。

殺してしまおう——と決めたのは、キースの死のちょうど十日後のことだった。

僕の中の彼を、DDDを、葬《ほうむ》ってしまおう。そして、生きている人間が作った音楽になんてもう一生触れずにいよう。だれだっていつか死ぬ。僕はまだ十五歳だ。腐るほど残された月日の中で、いろんな人々が僕より先に死んでいくだろう。そのたびにこんな思いをするのだとしたらつらすぎる。生者の声には耳をふさいで過ごすしかない。

午前二時、DDDの六枚のアルバムをコンビニの袋に押し込み、僕は家を出た。もう五月なのに夜気はとげとげしく、街灯の光も僕の肌をちくちく刺した。外に出るのはいつ以来だっただろう。

マンションのゴミ捨て場に捨てるのはやめよう、と思い、一階まで下りて玄関をくぐる。なるべく遠くにやってしまいたかったのだ。

袋を胸に押しつけて抱《かか》え、よく知っているはずなのによそよそしい夜の街を歩いた。空き地にたむろする猫たちの他、だれの姿も見かけなかった。自分のスニーカーの足音が鼓動《こどう》と重なってぶよぶよした不気味なポリリズムを鳴らしていた。遠くの交差点にヘッドライトが群れているのが見えた。光に背を向け、暗い方へ、より寒い方へと僕は足を進めた。

どれくらい歩いただろう。道路の左右は畑と竹林が目立つようになり、街灯も減って闇《やみ》が濃《こ》くなってきたあたりで、小さなアパートの前のゴミ捨て場を見つけた。

CDくらいこっそり捨てられそうなところは道中にもいくらでもあったのに、どうしてその場所を選んだのか、自分でもわからない。ふと足が止まったのだ。あるいは最初から予感があったのかもしれない。なにかが僕を待っている、という。

ここに捨てよう、と鴉《からす》除けのネットを持ち上げかけたとき、僕は気づく。

ゴミ捨て場のコンクリートの囲みに、見憶えのあるものが立てかけてあった。

切れかけた蛍光灯の光を受けてかすかな残照のような色に燃えている、丸みをおびた真っ赤な胴体の——ギターだ。

ギブソンES‐335。

僕は息を詰まらせ、一歩、また一歩、ギターに近づき、膝《ひざ》をついて顔を寄せる。キースが使っていたのと同じモデル、同じ色のギターだ。いや、それどころじゃない。僕は腹に抱《かか》えていたビニル袋からCDケースを取り出した。ジャケット写真のキースが握っているギターと、目の前のそれとを見比べる。右側のf字孔《こう》の塗装剝《は》げ、ピックガードのへこみ、増設されたセンターピックアップ。なにもかもが、ぴったり同じだ。

まさか、と思う。

なんでキースのギターがこんな場所にあるんだ?

僕の頭のごく冷静な一部が当たり前の推測をする。たぶんこれはキースのファンが本物そっくりに見えるようにあちこち加工したものだ。そして僕と同じような理由で、彼の死に絶望して、手元に置いておくのがつらくて捨てたんだろう。でも僕の心はそんな現実的な推測を受け入れようとしなかった。ほんとうにキースの使っていたギターだとしか思えなかった。主人を喪《うしな》い、海を渡って僕の街に流れ着いたのだと。

手を伸ばし、ボディに触れる。ぞっとするほどあたたかい。だれかの体温が残っているのだろうか。僕の手が冷え切っているだけか。ネックを握ると弦《げん》が手のひらに食い込んで甘い痛みが返ってくる。

懐《ふところ》からCDを入れた袋が滑《すべ》り落ちそうになり、僕はあわててギターをはなして左手で受け止めた。とっさにそうしてしまった自分が腹立たしかった。捨てにきたものなのに。そのままコンクリートに叩《たた》きつけられて粉々になってしまったっていいはずなのに。

袋を注意深く脇腹《わきばら》に挟《はさ》み、ギターを両腕で抱《かか》えて持ち上げた。矛盾した不思議な感覚が両手に伝わってきた。ただの木材と接着剤と金属部品の塊《かたまり》にしてはあまりにも重く、人ひとりが遺《のこ》した激しい生のあかしにしてはあまりにも軽かった。

こんなもの、どうしようっていうんだ。

ひきこもり生活を始めてから、自問自答するくせがついてしまった。でもそのときの自分からは答えはなにも出てこなかった。夕陽《ゆうひ》色のボディのうつろな重みが、ありとあらゆる音を吸い取ってしまったみたいだった。僕の内側に響く声さえも。

僕はギターに両腕をきつく巻きつけ、そっとゴミ捨て場を離れた。

部屋に戻り、ギターをカーペットの上に横たえ、ベッドの上から眺《なが》めた。

なにをしているんだろう僕は。なんで拾ってきてしまったんだろう？　キースの痕跡《こんせき》をみんな捨てにいったはずなのに、増えてしまった。

毛布にもぐりこんで目を閉じても、真紅のＥＳ－３３５は焼きついて離れなかった。何度も薄目を開いて床のギターをたしかめてしまう。なにか言いたげに、二つのｆ字孔で天井をにらんでいる。眠気の端っこを握りしめ、僕は寝返りを打ってギターに背を向けた。

§

「……い。おい」

声がした。

僕は背を丸めた。光がまぶたの端を引っ掻《か》いた。眠気が毛布と一緒《いっしょ》に肩にからみつく。泥水みたいなまどろみに意識をもう一度沈めようとすると、また声が背中にぶつけられる。

「おい、起きろ。おいこら」

男の声だった。僕の寝室に入ってくる男性なんて父以外考えられなかったけれど、父の声はこんなに若くないしハスキーじゃない。だれだ？　知らないやつがなんで僕の部屋にいる？　意識があっという間に冷えて固まり、僕は毛布を払いのけて身を起こした。

唖然《あぜん》とし、ベッドのすぐ脇《わき》に腕組みして立つその男を見上げる。天井に頭がつきそうなほどの長身、砂と灰にまみれたような色の長い金髪、傷だらけの革ジャケット。

「やっと起きやがったか。さっさと弦《げん》を取り替えろ、気持ち悪くてしかたねぇ」

男はジーンズのポケットに両手を突っ込んだまま僕にほとんど頭突きするくらい顔を近づけて毒づく。信じられなかった。キースだった。まさか。死んだのに。

「おいガキ、まだ寝ぼけてんのか？　目が醒《さ》めるまで殴《なぐ》るぞ」

ベッドに片足をかけ、キースは歯を剝《む》いて言った。ほんとうに殴られると思って僕はベッドの端まで逃げた。窓のすぐ下に頭をぶつけてしまう。後頭部の痛みがこれを現実だと知らせてくれる。

「……あ……」

声が喉《のど》のあちこちに引っかかってうまく押し出せない。

「なんだクソガキ、ちゃんと喋《しゃべ》れ」

「なんで……」

「なにがだ」

なんでキースがここにいるの？　という問いは、ほとんど声にならなかったけれど、彼は苦い顔をして足下《あしもと》の赤いギターを指さす。

「てめえが連れてきたんだろうが」

僕は彼とギターとを十回くらい見比べた。

「いいかげんにしろ。壊れた扇風機かよ？　弦《げん》が錆《さ》びててざりざり気持ち悪ぃんだよ、とっと立て、買ってこい」

僕を蹴《け》ろうとしたキースの鰐皮《わにがわ》ブーツの爪先《つまさき》は、まったく抵抗なく僕のTシャツの胸にめり込んだ。痛みどころかなんの感触もなかった。呆然《ぼうぜん》と見上げた彼の姿は、透けて向こう側の壁が見えていた。

キースがはっきり憶えているのは街路樹に真正面から突っ込む瞬間《しゅんかん》までだという。

「150マイル出てたし、草くってイってたからな」

ベッドに腰掛け、まるで他人事《ひとごと》みたいに彼は言う。150マイルというと時速240キロくらいか。しかもマリファナをやっていたってのか。

壁際の床で両脚を投げ出した僕は、深くため息をつく。ベッドは（実体がないとはいえ）図体のでかいキースに占領されてしまったので、しかたなく床に腰を下ろしたのだ。

「教会なんざ行ったこともなかったから地獄行きだろうとは思ってたが」

キースは不満げに僕の部屋を見渡す。棚いっぱいのCDと本と雑誌。

「日本の、こんなわけのわからねえガキのところに流されてくるなんてな……」

幽霊《ゆうれい》、という単語はあまりにもばかばかしくて口にするのはおろか意識にのぼらせることもためらわれたが、他に的確に言い表す言葉を思いつかなかった。

しかし、よく喋る幽霊だ。ちっとも『幽《かす》か』じゃない。声が親に聞こえてしまわないだろうか、と僕はびくびくしながら部屋のドアをうかがうが、そんな僕の心配をよそにキースは声を張り上げる。

「おいガキ、事情がわかったならさっさと弦買《げん》ってこい、さっきから言ってんだろうが。錆《さび》が気持ち悪ぃんだよ」

弦の錆が不愉快。あらためてES-335のネックを見ると、なるほど弦は六本ともかなり古くて錆が浮いている。

「……ええと。つまりキースは、このギターに取り憑《つ》いてるってことなの？」

「知らねえよ。取り憑いてる？　なんだそりゃ」

その概念の説明は難しかったが、ためしにギターを持って廊下に出てみたらキースも「おいどこ行くんだ話聞け馬鹿《ばか》」と文句を垂れながらついてきたし、ギターをトイレに放り込んで部屋に戻ろうとしたら「おいどこ行くんだ俺も連れてけ馬鹿」と文句を垂れたので、僕の考えはどうやら正しいようだった。ギターと一緒《いっしょ》に部屋に戻り、ベッドに寝かせ、壁際にうずくまって頭を抱《かか》える。いっぱいいっぱいだった。ギターだけじゃなくてこんなものまで拾ってきてしまうなんて。僕が思い悩んでいる間も、キースは僕に罵詈雑言《ばりぞうごん》を浴びせ、僕の頭を殴《なぐ》ったり蹴《け》ったりした。彼の手足は僕の身体《からだ》にまったく触れることなくすり抜けてしまうのだけれど、それでも気分のいいものではなかった。

「わかった、わかったよ。弦を替えればいいんだろ」

根負けした僕は立ち上がって財布をポケットにねじ込んだ。ギターを元の場所に捨ててくるという案も思い浮かんだけれど、すぐに打ち消す。そんなことしたら一生祟《たた》られそうだ。

部屋を出る前に、どうしても引っかかっていたことをもうひとつ訊《たず》ねる。

「あのさ」

「なんだ。さっさと買ってこい」

「なんで日本語喋《しゃべ》ってるのかなって不思議で……」

「てめえに通じるように親切に使ってやってんだよ、あァ？　やめてほしいってか？」

それからキースは英語でなにやらまくし立て始めた。意味はわからなかったけれど三語に一回くらいの割合でファックとかサックとか聞こえたので僕はあわてて家を出た。

バス停で待ちながら、その日何度目かわからないため息を吐《は》く。

キース・ムーアが粗暴な性格らしいという話は雑誌やネットで読んでいたが、ほんとに噂《うわさ》のままだったんだな、と思う。言う通りにしてやらないとこの先ずっと罵詈雑言を浴びせられることになる。

駅前のデパートの楽器店に行って、ギターの弦を探した。驚くほどたくさん種類があって、どれを買えばいいのかわからない。少しずつちがう数字が書いてあるのはなんの意味なんだろう。値段もピンキリだけれど安いのを買っていっていいのだろうか。店員に声をかける勇気もなかったので、僕は背を丸めて悩み、それからふと思いついて楽譜や雑誌を置いてあるコーナーに行ってみた。ギター雑誌のバックナンバーを探すと、キースのインタビュー記事が見つかる。使っている弦のことも載っていたので安堵《あんど》する。

ところが、買って帰った弦《げん》を見せるなりキースは激怒した。

「これじゃねえよ糞《くそ》が！　糞喰《く》って死ね！」

「え、え？」

僕は青い手のひら大の薄箱を見る。“Elixir”というロゴが印刷されている。

「いつもこれ使ってる、ってインタビューで言ってたよね？」

「俺が使ってんのはライト・ヘヴィ！　てめえが買ってきたのはライトじゃねえか！　太さが全然ちがうだろうが！」

「そ、そうなの？」

「0．006インチもちがうんだぞ、間抜けカタツムリ野郎が！」

僕はあきれて、同じようなもんじゃないかと言ってしまった。キースの罵声《ばせい》は英語に切り替わってたっぷり五分くらい吹き荒れた。

「まあいい。べつに俺が弾くわけじゃねえ」

怒《いか》りが一段落したらしいキースはそう言ってベッドに腰を下ろした。

「とっとと張り替えろ」

ギターなんていじったこともなかったが、どうやって張り替えればいいのかなんて訊《たず》ねたらまた面罵《めんば》されるにきまっているので、ネットで検索してやり方を調べた。慣れない作業に四苦八苦している間もキースはグズのろま鈍牛《どんぎゅう》ナメクジ干からびて死ねと罵倒《ばとう》語を次から次へと並べていた。

「チューニングもしろ」

弦を張り終えたギターを一瞥《いちべつ》してキースは言った。くたびれていた僕は一言も返さずにネットで調弦の方法を調べた。もちろん手間取っている最中に音痴《おんち》だのポンコツだのと罵《ののし》られた。いいかげんこの男の横暴にも慣れつつあると思っていた僕だが、次の要求にはさすがに驚いて固まってしまった。

「言う通りに弾け。鼻歌で節つけるからてめえも歌えるようにしろ」

「……へ？」

「キーはEで、テンポが140くらいだな。リフが二拍目の裏からこう」

「ちょ、ちょっと待って！」僕はあわててキースの言葉を遮った。「僕ギターなんて弾けないってば」

彼は道路に片方だけ落ちている手袋でも見るような目つきで僕を一瞥した。

「ギター弾けねえ？　十何年も生きてて？　童貞でこんなにレコードと本ため込んで部屋に籠《こ》もっててギター弾けねえのか？　てめえの両手はなんのためについてんだ、ケツ拭《ふ》くためだけか？」

僕は言葉に詰まる。反駁《はんばく》したらさらに三倍くらいになって返ってくるだろう。しばらく考えてから根本的なことを訊ねる。

「……そもそも、なんで僕がギターなんて弾かなきゃいけないの」

「馬鹿《ばか》かおまえは。俺の頭ン中に発表できなかった曲がどんだけ詰まってると思ってんだ」

僕はキースを見つめて目をしばたたいた。言っている意味がわかった瞬間《しゅんかん》、胸のあたりがかあっと熱くなる。

死んでしまって世に出せなかった曲。それを伝えるためにキースはギターに取り憑《つ》いてまで現世に残っている？　幽霊《ゆうれい》なんていう馬鹿みたいな出発点を認めるとするなら、筋の通った考え方だ。

僕は息をついて床にへたり込み、ギターを太ももにのせてネックを握った。

「わかったよ」

楽器の重みに息苦しささえおぼえながら僕は言った。

「練習するよ」

§

ＥＳ‐３３５はエレクトリックギターだが、セミアコースティックと呼ばれる、ボディに空洞のあるタイプだ。つまり、電気を通していなくてもそれなりに音が出る。

キースが僕の部屋に来てから何日かして、さすがに母も異状に気づいたらしい。不幸中の幸いで、キースの姿は僕にしか見えず、声も僕にしか聞こえないらしいのだが、それにしたってギターの音と僕の独り言がしょっちゅう聞こえるのだ。不安にもなるだろう。一度、真夜中に父に相談しているのを立ち聞きしてしまった。

「春人《はると》がいつの間にか……ギターなんて、今まで全然……」

「放っておきなさい」

「それだけじゃないの、だれもいないのにひとりで喋《しゃべ》って……」

「一言も喋らないより進歩だろう」

僕はいたたまれなくなってすぐに部屋に戻った。キースは本棚の前をいったりきたりして、ときおり背表紙を眺《なが》め、うげっと舌を突き出して変な顔をつくっている。

「おいハル、おまえの本棚ひでえな。ろくな本がねえ。なんで精神病の本ばっかりこんなにたくさんあンだ」

彼は心理学や精神医療関係の本をあごで示して言う。僕はキースの方を見ないようにしながらベッドに腰を下ろした。

「べつに……ちょっと興味があっただけ」

自分の人格になにかしら問題があるんじゃないかと思って手当たり次第に買ってみたのだ。

「インポなのか」

「なんでそういう話になるのっ？」

思わず声を荒らげてしまってから、僕は口を押さえる。これ以上母に心配されたくない。なるべく静かにしなくては。

「こんな本読むほど悩む理由を他に思いつかねえ」

「さぞかし幸せな人生だったんだろうね……」

「おまえなあ、インポなんて簡単に治るだろ。一晩に女三人を一週間くらい連続で」

「あのさキース、なるべく静かにしてくれないかな。母さんがちょっと怪しんでるんだ」

キースは面白くなさそうな顔をした。

「……おまえが閉じこもってんのは親にびびってるからか？　は、気に食わなきゃぶん殴《なぐ》って出てけよ。俺がものに触《さわ》れるなら代わりにやってやるんだけどな」

「親はべつに恨んでない」

父のたどり着いた『完全放置』という境地には感謝さえしていた。母だって朝晩この部屋まで食事を持ってきてくれるし、パートに出かけるときにも昼食を作っておいてくれる。ひたすら申し訳なかった。

「じゃあハイスクールの連中か？　簡単だ。男は殴れ。女は犯せ」

僕が素直にギターの練習に精を出したのは、弾いている間はキースがおとなしくしてくれるからだった。口を開くにしても僕の演奏への駄目《だめ》出しで、下ネタも暴言もなりを潜める。

もっとも、実体のないキースはギターに触れないので、僕に教えられることもほとんどない。

練習に関してもやっぱりネットの世話になる。ほんとうに上達できているのか毎日不安でしょうがなかった。

　そのうちにキースはこんなことを言い出す。

「電気通さずにぺちぺち弾いてたって練習になんねえよ。アンプ買ってこい」

　僕は再び楽器屋に赴《おもむ》き、腰にぶら下げられるくらいの大きさの電池式ミニアンプと、それからギターケースを買った。屋外で練習するためだ。さすがにアンプを通したら部屋で弾くわけにはいかない。親どころか近所じゅうに聞かれてしまう。

　河川敷の鉄橋の下が僕の練習場所になった。ばかでかい真っ赤なギターを抱《かか》えて毎日クロマティックスケールの基礎トレーニングをしている僕を、犬の散歩中のおばさんやジョギング中のおじさんや自転車通学の高校生たちは不思議そうな目で見た。

　自分でも不思議だった。どうしてちゃんと続いているのだろう。指先の皮膚《ひふ》は弦《げん》に慣れて硬くなり、コードポジションが手に染みつきつつある。これまで楽器なんて触《さわ》ったこともなかったのに。

　けっきょくのところ、楽しいのだろう。

　そんな感情が自分の中に残っていたのが驚きだった。キースに下手《へた》くそゴミ虫と罵《ののし》られながらも一曲一曲憶えていくのがほんとうにうれしかった。ギター一本なのでもちろんＤＤＤのサウンドにはとても聞こえなかったけれど、たしかにのにキースの曲なのだ。土に埋もれてしまうはずだった、世界中で僕だけが触れることをゆるされた、彼の新しい歌。

§

ところが、ギターをはじめて二週間目くらいの夕方、いつもの河川敷で練習を終えて帰ろうとした僕にキースはいきなり言った。

「そろそろ客前で演《や》るぞ」

僕は自転車のサドルから落っこちそうになった。

「なんだ。歌う前からしょんべん漏《も》らしたのか」

「え、え、いや、あの、……客前？　僕が？」

キースは便器にこびりついたガムでも見るような目つきで僕を見た。

「なんのために俺が日本語で詞をつけたと思ってんだ。てめえが歌えるようにだ」

「い、いや、それは」

たしかにちょっと変だなとは思っていたけれど、そもそも喋《しゃべ》るのも日本語なのでそんなものかなと勝手に納得していたのだ。

「でも、客？　なんでそんなこと」

「おまえどこまで馬鹿《ばか》なんだ。頭ン中つまってるのはクラムチャウダーか？　発表できずに死んだんだっつったろうが。おまえひとりに聴かせて俺が満足したとでも思ってんのか？」

キースのブーツの爪先《つまさき》が忌々《いまいま》しげに僕の腹に突っ込まれる。実体があったら今ごろ僕は昼食のカップラーメンを地面に吐《は》き散らしてのたうち回っていたことだろう。

「俺の声はおまえにしか聞こえねえだろうが。だから代わりにおまえが演《や》るんだよ。マディソンスクウェアとかウェンブリーとかそれくらいのビッグな会場で、日本ならそうだなあブドーカンとかトーキョードームで」

「……帰って寝るよ……」

「ぶち殺すぞ！　てめえが発狂するまで耳元でデスメタル歌い続けるぞ」

キースにさんざん脅《おど》され、僕はとぼとぼと駅に向かった。駐輪場に自転車を駐《と》めたときからまわりの視線が気になってしょうがなかった。背中にはＥＳ‐３３５を収めたばかでかいギターケース。家と河原を往復するだけなら数人とすれちがうだけだが、プラットフォームで電車を待つとなると何百人も僕を見る。いや、長い間ひきこもっていたせいで自意識過剰になっているのだと思いたい。

「……それでどうするの？」

やってきた快速に乗ったところでキースに訊《き》いてみた。

「とりあえず度胸つけなきゃ始まらねえ」とキースは言う。「人に聴かせるってことに早く慣れてもらうからな」

音楽教室にでも行って歌を聴いてもらうのかな、と予想していたのだが、彼の続く言葉はそんな僕の甘い考えを吹き飛ばした。

「このへんでいちばんでかい駅で降りろ。路上で演《や》る」


池袋《いけぶくろ》駅を訪れるのは二ヶ月ぶりだった。

なぜよりにもよってこんな人通りの多い駅で降りてしまったのか、と地下通路の人混みに背中を押されてのろのろ歩きながら悔《く》やむ。自問するまでもなく単純な理由で、定期券が池袋駅までだからだ。赤羽《あかばね》は人が多い、板橋《いたばし》も駅前はかなり都会だ、と怖がっているうちに、いちばん派手な街まで来てしまったわけだ。

せめて知った顔に遭わないようにと、僕は東口に向かった。通っていた高校が西口方面にあるからだ。

「ごみごみしてんなあ東京は」

キースが僕の隣を歩きながら、ごった返す地下通路を眺《なが》め渡して毒づく。地上に出ると、バスロータリーを回遊するヘッドライトが目につく。すでに陽《ひ》が落ちようとしているのだ。明治《めいじ》通りをぎっしり埋め尽《つ》くす車の色とりどりのルーフ、歩道を行き交《か》う人々の頭。横断歩道を渡ったあちら岸にそびえるビックカメラやヤマダ電機のビル。僕はもうパルコのショーウィンドウ脇《わき》で足がすくんで一歩も動けなくなる。

　僕が高校に行くのをやめてしまった理由の三割くらいは、この池袋という街の無節操な騒《さわ》がしさではないだろうか、とあらためて思う。人々の顔つきはみんなにかに怒っているようで、歩き方は苛立《いらだ》たしげで、車の排気音やクラクションも、パチンコ屋からあふれ出るビートのきついBGMも、しょっちゅう鳴り渡る消防車や救急車のサイレンも、僕を指さして責めているように聞こえる。

「若い女が多いな。いいぞ、エンジンあったまってきた」

　僕はどんどん帰りたくなってきたよ。

「おいハル、見ろ、歩道で演ってるやつがいるじゃねえか」

　キースが指さす先、歩道のカードレール際で、ギターを掻《か》き鳴らしながら歌う二人組の若い男が見えた。少し離れた場所にはシンセサイザーの弾き語りをしている女の子もいる。通行人がたまに立ち止まり、ワンフレーズ分くらいの間ながめてからまた歩き出す。

「自信出てきただろ」

「なんで」と僕はキースを見る。

「あんなど下手《へた》くそでも自信満々で演ってんだ。おまえでもいける」

「いや、無理無理。こんな人通りの多いとこで歌うなんて」

　僕は踵《きびす》を返して地下への階段に向かおうとした。キースが聞くに堪《た》えないスラングまみれの罵詈雑言《ばりぞうごん》を撒《ま》き散らし始めたので耳をふさいだが、哀しいかな相手は幽霊《ゆうれい》なのでまったく効果がなかった。頭の中に直接響いてくるのだ。

「わかった、わかったよ」

僕はため息をつき、池袋《いけぶくろ》東口からどくどくあふれ出る雑踏《ざっとう》に身を任せた。幅の広い横断歩道に押し出され、対岸の三菱東京《みつびしとうきょう》UFJ銀行の前まで流される。

「このへんだな」とキースが言って、僕の背中のギターケースを叩《たた》いた。実体のない彼の手は僕の心臓に直接届いたように思えて、僕はへたり込みそうになり、ガードレールに腰をのせてなんとかこらえる。

ケースのジッパーをつまんで、ネックの付け根あたりまで下ろしたところで手を止めてしまう。血が引いていくのがわかる。キースの声も耳に入らない。こんな人混みのど真ん中で弾き語りしろだって？

だめだ。無理なんだ。勇気を出そうと思って出せる人間なら、そもそも廃品のギターにしがみついてこんな場所に流れ着いたりはしない。ちゃんと学校に通って帰りに友達と一緒《いっしょ》にパルコでも寄って今頃はチュロスでも買い食いしてる。僕にはできないよ。空を飛べとか海の底で暮らせっていわれてるのと同じだ。

身も心もこわばって動かなくなったそのときのことだった。

「――早く出しなよ」

ふと、声が聞こえた。

キースじゃない。女の子の声だ。僕は顔を上げた。

僕が縮《ちぢ》こまっているガードレールのすぐそばに、小さな人影が立っていた。パーカーにTシャツにショートパンツというかっこうの、僕と同い年くらいの少女だった。茶色い大きなレンズのサングラスをかけ、頭にかぶったフードの左右には猫の耳そっくりの三角形がくっついている。見憶えのある顔だという気がした。でもだれだか思い出せない。こんな印象的な娘と知り合っていたら忘れるはずなんてないのだけれど。

「出しなよ。それES‐335でしょ？」と彼女はさらにきつい声で言った。「路上でそんなの使うなんて珍しい。早く演《や》りなよ」

「あ、う、うん」

言われるままに僕はジッパーをいちばん下まで開いてギターのネックを握り、真っ赤な巨体をつかみだして膝《ひざ》にのせる。立ち止まる人間が何人もいて、僕は身をすくませる。女の子はいらだたしげにストラップを持ち上げて僕の首に引っかける。

「ちゃんとストラップかけて！　こんな良いギター落っことしたらどうすんの？」

「ご、ごめん」

なんでこんなにずけずけ言ってくるのだろう、やっぱり僕が憶えていないだけで以前に知り合っていたのだろうか、と思いながら僕はストラップに右腕を通す。アンプにコードをつなぐ

と、集まったギャラリーたちの目に期待の色が浮かび、僕の手はかじかんだように動かなくなる。おい、どいつもこいつもなにを期待してるっていうんだ？

女の子がしびれを切らして勝手にアンプの電源を入れてヴォリュームのつまみを最大まで回す。ノイズが僕の身を凍らせる。

耳元でキースがため息をついた。

「おいハル」

キースが僕のふくらはぎを何度も蹴《け》る。

「ｉＰｏｄ出せ。イヤフォンつけろ」

「……え？」

「いいからさっさと言う通りにしろ便所虫野郎」

他にどうしようもなくて、僕は言われた通りにポケットからイヤフォンを引っぱり出した。耳に押し込んでも、僕を取り巻く池袋《いけぶくろ》のざらざらした空気はいっこうにやわらがない。でもキースがこう続ける。

「俺のファーストアルバムの六曲目をかけろ」

……どうして？

僕は声に出さずに訊《たず》ねる。それでもまわりの人々の顔に訝《いぶか》しげな表情が伝わっていく。

「いいから言う通りにしろクソガキ。その曲は、おまえに教えた最初の歌とコード進行もテンポもほとんど一緒《いっしょ》だ」

　ガードレールの隣に腰掛けたキースを見つめる。周囲の人たちからは、なにもない虚空を凝視しているように見えたことだろうけれど、気にしていられなかった。

「腰抜けインポ童貞が。ひとりで歌えねえってんなら、俺が一緒に歌ってやる。おまえはまわりなんて気にせず、いつもみたいに俺にだけ聴かせろ」

　キースの言葉の意味が僕の意識に染み込むよりも早く、ポケットの中で僕の指がiＰｏｄを操作している。ハイハット・シンバル、タンバリン、そしてクリーントーンのギターストロークが折り重なっていく。坑道《こうどう》の闇《やみ》の中でつるはしが散らす火花のような煌《きら》めき。僕は息を詰めて、ピックを汗ばむ指に挟《はさ》み、弦《げん》に振り下ろす。耳の中と手元とでＥＳ－３３５の音が弾《はじ》け、せめぎ合い、融《と》け合って僕の全身を駆《か》け巡る。ＤＤＤのアンサンブルの向こう側で、キースの息づかいが聞こえる。

　歌は僕の唇《くちびる》から自然にあふれ出てきた。

　広い海を隔《へだ》てた二つの国の言葉、生と死で隔てられた二人の声、同じ和声の流れに導かれた二つの旋律《せんりつ》が、触れあい交わり求め合い拒み合いながら不思議な螺旋《らせん》を描《えが》く。

　もうキースの身体《からだ》は、歌を生み出すための喉《のど》や唇や指は喪《うしな》われてしまったんだ、と僕はぼんやり思う。ハイウェイを吹き過ぎるカリフォルニアの風になって散り散りに消えてしまったんだ。まるで実感できない。すぐそばに透けた身体の当人がいるからだけじゃない。録音技術が音楽の世界から死を奪《うば》い去った。僕たちはもういつでも天国の彼らに逢《あ》いにいける。目を閉じて再生ボタンを押すだけでいい。切り取られて飾り立てられてデータの中に閉じ込められた歌が、何度でも解凍されてよみがえる。デジタルによって音が劣化しなくなった代わりに、僕らが受け取るべきだった哀しみはどんどん磨り減っていく。

それなら、痛みを忘れないためにどうすればいい？

自分で歌うしかない。弦で指先に血をにじませて、池袋《いけぶくろ》の排気ガスくさい風に喉を嗄《か》らして、笑い声にも足音にも耳をふさいで、死者の声に自分の声を重ねて。

どこにも届かなくていい。ただ自分の中のからっぽに響かせて、どれほどのものが喪われたのかをたしかめるためだけに、歌う。

でも、歌が終わり、耳の中で吹き荒れていたバンドサウンドも消えたのに、まだ僕を取り巻いて心をちくちく刺す音がある。

僕は手元に落としていた視線を持ち上げた。

見回し、啞然《あぜん》とする。

いつの間にこれほどの数が集まったのだろう、視界を人垣が埋め尽《つ》くし、みんな僕を熱っぽい目で見て、手を叩《たた》いている。……手を叩いている？　なんで？　こいつらいったいなにをしているんだ？　イヤフォンを抜き取ると、汗ばんだ耳に埃《ほこり》っぽい風が流れ込んでくる。そこでようやく僕は聴衆が拍手しているのだと気づいた。

拍手。……僕が？　どうして？

「だれの曲？」「オリジナル？」

「ギター派手だね」「もっといいアンプ使えよ」

集まった人たちが口々に言う。僕に話しかけているのか隣同士で言葉を交《か》わしているのかよくわからず、僕は目を伏せて首をすくめる。

すぐそばであの女の子がぼそりと言った。

「……25点」

僕はびっくりして彼女の顔を見た。茶色いレンズの向こうから、光の強い瞳《ひとみ》が僕をきつくにらんでいる。

「へったくそ。なに聴きながら演《や》ってんのか知らないけど、それバンド用の曲でしょ。ギター一本じゃすっかすか。歌が切れたところにオブリ入れるくらいできないの？」

「……あ、う、あの」

僕がうろたえているとキースが歯を剝《む》く。

「うるせえ小娘だな。ぶん殴《なぐ》れ。犯せ」

やめろよキース、と僕は胸の中で言い返す。と、ギャラリーがみんな笑い出す。

「気にすんな、ミウの採点はいつもこんなもんだから」

「ミウがはじめてのやつに20点以上つけるなんて見たことないよ、すごいよ」

ミウ、と呼ばれたその少女はむっとした顔になり、フードを引っぱって目深《まぶか》にする。

「ほんとのこと言ってるだけでしょ。さっさと次歌えば」

次？

キースが薄笑いを浮かべて、「あと四曲あるだろ」と言って唐突《とうとつ》に消えた。僕は寒々しい喧《けん》噪《そう》の中にいきなり取り残され、ギターを抱《かか》えて縮《ちぢ》こまりそうになる。おい、キース？　出てこい、どこにいったんだよ？　キースの笑い声だけが押しつけた頬《ほほ》に伝わってくる。あの野郎、ギターの中に隠れてしまったのか？　こんな衆人環視の中に僕だけ残して？

「さっきからなんなの？　そうやって挙動不審にならないと曲が思い出せないの？」

ミウが僕の顔をのぞき込んで言う。僕はあわてて首を振った。

まわりの連中の目にも期待の色がある。一曲済んだし帰る――ってわけにはいかないんだろうなあ、と暗い気持ちになる。

しかたない。

僕はさして狂っていないチューニングをやり直して時間を稼ぎながら考える。やり方はキースが教えてくれた。あと四曲、彼の歌の中に閉じこもってなんとかこなそう。ＤＤＤの曲はどれも何百回と聴いている。僕の声と心とを隔《へだ》てるためのカーテンになる曲を、いくらでも見繕うことができる。

僕は再びイヤフォンを耳に押し込み、汗ばんだネックを握り直した。

二曲目のイントロが僕の耳の中だけに流れ始めたとき、あのミウという少女がサングラスの向こうでひどく哀しそうな目をしたのが記憶に強く焼きついた。

「俺に言わせりゃ4点てとこだな」

帰りの電車でキースはそう言ってげらげら笑った。僕はドアの窓に右半身を押しつけてぶすっと黙《だま》っていた。肩に掛けたギターは来たときよりも三倍くらい重たく感じられた。けっきょく一時間くらい池袋《いけぶくろ》東口前の路上で歌っていたことになる。iPodから流れ出る音楽に意識をまぎれさせている間はよかった。こうして歓声も拍手もドラムスもベースも消えた今、疲労感が僕を押し包み、自分のやったことに対して冷静を通り越して薄ら寒い気持ちを抱《いだ》いていた。あれだけ大勢の前で、恥《は》ずかしげもなく演奏を披露《ひろう》したのだ。4点。まだ高すぎるくらいだ。ギターを始めて一ヶ月足らずなのに。

「もっとレパートリーが必要だな。終電まで演《や》ってりゃ、何人か女こまませるだろ」

「……今日で満足じゃないの？」

よれよれの声で僕は言った。

「馬鹿《ばか》かてめえは。まだブドーカンですら届いてねえじゃねえか」

僕はガラスにため息を吐《は》きかけた。どこまで本気で言っているのだろう。

いつまでこんなことやらなきゃいけないんだ。キースが成仏《じょうぶつ》するまで？　アメリカ人に成仏なんて概念あるのか？

ギターケースを肩に掛け直し、背を丸める。列車がレールを踏《ふ》む軋《きし》みが、僕の弱り切った鼓《こ》動《どう》を圧《お》し潰《つぶ》していく。

§

週に三度はキースに小突かれて池袋に出かけるようになった。

まるで上達しないとかケツの底から声が出てないとかセンスがないとかさんざん言われながらも新曲を形にし、路上でイヤフォンを着けてひたすら歌った。

「ロックの基本はコピーだ。昔の曲も憶えろ」

キースがそう言うので、バディ・ホリーやエディ・コクランの古い曲を練習した。実際にギター譜に起こして弾き語りしてみると、そうしたオールディーズがＤＤＤのサウンドの中にも脈々と息づいていることがわかって少し嬉《うれ》しかった。こうして部屋や河川敷でギターを抱《かか》えてひとりきりで――いや、キースと二人きりで、だれに聴かせるあてもない歌をひとつずつ憶えていくだけならいいのにな、と思う。でもレパートリーが増えるたび、キースは僕をせっつき、蹴《け》飛《と》ばし、埼京線《さいきょう》に押し込む。

そんな、五度目か六度目の池袋《いけぶくろ》の夜だった。僕はそのとき、東口五叉路《ごさろ》の携帯ショップ前の広場で植え込みの低い柵に腰掛けて歌っていた。まわりにギャラリーがけっこう大勢集まっていたし、例によってイヤフォンで意識をシャットダウンして演奏していたので、やってきた彼らが怒鳴っていることにもしばらく気づかなかった。隣に座っていたミウが立ち上がり、眉《まゆ》を寄せてなにかを言ったので、弾くのをやめて顔を上げた。三人組の若い男が、僕の爪先《つまさき》を踏《ふ》んづけそうなくらい近くに立ってこっちを見下ろしていた。ぎょっとして柵から尻《しり》が滑り落ちそうになる。三人のうち二人はギターケースを背負い、もう一人は小さな組太鼓《たいこ》を脇《わき》に抱《かか》えている。ストリートバンドだろうか。みんな体格がよくて日焼けしていて目つきが悪いので、僕は無意識に後ずさる。

「なんで勝手に演《や》ってんだよ」

「俺らが予定入れてあるだろうが」

「おまえ最近よく見るな」

険悪な声が三人から浴びせられる。

「え、あっ、あの」予定？

僕は腰を浮かせる。腹の底が冷えていくのがわかる。

「すみません、知らなくて」

「おい邪魔《じゃま》すんなよ」「途中だったんだぞ」

オーディエンスから文句が飛ぶ。三人は歯嚙《はが》みして見回した。一人が僕の太ももを軽く爪先で蹴《け》った。

「とにかくさっさと消えろよ。ルールっつうもんがあるんだよ」

「楽しくなってきたじゃねえか」キースが僕の背中で下品に笑った。調子に乗んな」「三人ともぶち殺せ。それでぶん殴《なぐ》れ、俺のギターだ、何度もやってる。やわなガキの頭ふたつみっつ凹《へこ》ましたところで平気だ」

頼むから黙《だま》っててくれよ、と僕は胸の中で毒づきながら、ギターストラップを肩から外そうとした。

「勝手やってるのはそっちでしょ」

口を挟《はさ》んできたのはミウだった。

「演ってる途中に邪魔する方がよっぽどルール違反」

賛同の声がいくつもあがった。ミウはとげとげしい視線を僕にも向けてくる。

「ハルもどうして言いなりになってるの。ばかじゃないの？　こんだけ集めた客に失礼だと思わないの？」

「でも……」

「うるせえよミウ」

「おまえは関係ないだろ、黙ってろ」

因縁《いんねん》をつけてきた男たちが今度はミウに食ってかかる。僕はどうすればいいのかわからなくて、ケースにしまいかけたギターを脚に挟《はさ》んでおろおろするばかりだった。バンドの三人と観客たちとの言い合いが過熱して、あわやつかみ合いの喧嘩《けんか》になりかけたときだった。

「なにしてンだ。静かにしろ」

その声は、張り上げたわけでもないのに空気に染み通り、だれもが口をつぐみ動きを止めてそちらを見た。

その長身の男はちょうど横断歩道を渡りきってこちらへ歩いてくるところだった。荒っぽいセットの金髪に、カッターナイフでぞんざいに切り取ったような険のある鋭《するど》さの眼《め》。歳《とし》は二十代半《なか》ばくらいだろうか。オレンジ色のシャツの襟《えり》を大きく開いて着ているのにまったく浮ついた印象がなく、肩の大きなギターケースもまるで身体《からだ》の一部みたいに自然に見える。

「ぎゃあぎゃあ騒《さわ》いでンじゃねえ。警察《サツ》に目ぇつけられたらまわりじゅう迷惑だ」

男はそう言ってバンドの三人をにらむ。

「でも、玲司《れいじ》さん……」と太鼓《たいこ》を抱えた一人が唇《くちびる》を尖《とが》らせる。

「こいつが俺らの予定をシカトして勝手に」とギタリストの片方が僕を指さして言う。

玲司、と呼ばれたその男は、無遠慮《ぶえんりょ》に僕の全身をねめ回した。

「予定なんてのは、俺たちが勝手に示し合わせてるだけだろ。べつに義務じゃない」

三人とも、気まずそうに顔を見合わせて黙《だま》り込んでしまう。それから金髪男は僕に視線を戻してぶっきらぼうに言った。

「気にせず演《や》れよ」

「……い、いや、その……すみません、僕が無知で。場所空けますから」

僕はギターをケースに押し込んで肩に掛け、立ち上がる。

「おまえが謝る必要なんてねえ。それより、新曲演ってる途中だっただろ。今やめたら聴いてた方も気分悪いだろうが」

僕は目をしばたたいた。

「……なんで……新曲って知ってるんですか」

金髪男は少し言いづらそうな口調になる。

「ここらの路上で演ってる目立つやつらはだいたいチェックしてる」

聴かれてたってことなのか。全然気づかなかった。いつもイヤフォンをして手元ばっかり見てるから当然といえば当然なのだけれど。今さらながら、これまでやってきたのが不特定多数に歌を無差別にばらまくことだったのだと自覚して、僕はうそ寒い気持ちになる。心だけをシャットアウトしていても、部屋に閉じこもっていたときとはちがう。どうやったって他人と触れあってしまうのだ。

僕はまわりを見ないように何度も何度も頭を下げ、足早に駅へと歩き出した。

「ちょっと、ハル！」

ミウの怒った声が追いかけてくるけれど、聞こえないふりをしてさらに速度を上げる。集まっていた連中の文句も背中に寄せてくる。でもビックカメラの前を通り過ぎたあたりで、店頭音楽や車の排気音や無数の足音が僕を押し包んでくれた。そのときばかりは、池袋《いけぶくろ》の押しつけがましいやかましさに感謝してしまった。

信号待ちをしているときに、五叉路《ごさろ》の方をちらと振り返ってみた。ひしめく人の頭の間に、玲司《れいじ》さんの長身の影が見え隠れしている。それからそのすぐそばに、紺色の服を着た二人組の背中も。

警官だ。

罪悪感が僕の胸をふさぐ。僕のせいだ。僕が揉《も》め事を起こしたせいで、ほんとうに目をつけられてしまった。しかも、僕の代わりに玲司さんが……。

でも、引き返して自分で警官に事情を説明するなんて勇気は出てくるわけもなかった。僕は青信号に変わると同時に横断歩道へとあふれ出し始めた人の群れに揉まれて池袋東口へと押し流されていった。

§

「ファッキン青びょうたん。てめえの股間《こかん》についてるのは干《ひ》からびた芋虫か？　一発も殴《なぐ》り返さねえで尻尾《しっぽ》巻いて逃げてきやがって」

　翌日になってからもキースは僕を罵《のの》り続けていた。日本語の少ない罵倒《ばとう》語バリエーションを使い果たしてしまい、英語で口汚く続ける。意味がわからないのは救いだった。

「さっさと池袋行くぞ。昨日のあの腐れガキどもを口もきけなくなるくらいボコボコにして、新曲演《や》りなおしだ」

　時計を見ると、もう午後六時だ。最近はずるずると夕方まで寝るようになってしまった。黙《だま》ってベッドから降り、ドアから首だけ出してリビングの方をうかがう。明かりが漏《も》れて暗い廊下に差している。規則正しい包丁の音が聞こえた。母が夕食の準備中だ。父はまだ帰ってきていない。忍び足で部屋を出る。

「おいハル、俺のギター！　持ってけよ！」

　僕はキースの声を無視してドアを後ろ手に閉めた。なんであんな面倒な目に遭って、ここまで悪《あ》し様《ざま》に言われて、それでも路上なんかで歌い続けなきゃいけないんだ、と思う。

　久しぶりに身ひとつで玄関から出ると、ギターを背負っていないのがこんなに身軽だったのか、と驚く。ドアを閉めればあの悪態も聞こえてこなくなる。ギターに取り憑《つ》いているわけだから、そばに置いておかなければ静かに暮らせるわけだ。どうしてもっと早く気づかなかったんだろう。

　やっぱり僕には無理だったんだよ。外の世界に向けてなにか発信するなんて。僕が耳をふさいでいるとき、だれかは僕の歌を嗤《わら》っていたかもしれないし、怒っていたかもしれない。そう考えるだけで喉《のど》や胃が縮《ちぢ》みあがる。

しばらく、ひとりでどこかで静かにしていよう。

でも、マンションのエントランスから出て柔らかい初夏の夕風を浴びた僕は、途方に暮れてしまう。どこに行けばいいのか自分でもわからない。ただキースから逃げ出してきただけだからだ。

昨日のことを思い返す。玲司《れいじ》さんはあれからどうなっただろう。僕のとばっちりで警察沙汰《ざた》に巻き込んでしまったのだ。まさか留置場に放り込まれたりしていないだろうか。そこまでいかなくとも、僕のせいで路上で演《や》れなくなったりしたら——

そんなことを考えていると、僕の足はどうしようもなく駅へと向かってしまう。

池袋《いけぶくろ》東口から出てグリーン大通りの人の群れに押し流されている間、僕は肩をすくめて縮こまっていた。けっきょくまたこの街に来てしまった。すれちがう人も、追い越していく人も、みんな僕を責めているような気がした。なんでまたここにいるんだ、帰れ、二度と戻ってくるな、と。

早く用事を済ませて帰りたかった。昨日あれから何事もなかったのだと確認したかった。もし事情を訊《き》かれるだけで済んでいなかったとしたら、僕が警察に行って正直に話すしかないのだろうな、と暗い気持ちになる。しょうがない。玲司さんにはなんの責任もない。逃げた僕が悪いのだから。

三菱東京《みつびしとうきょう》ＵＦＪ銀行の前に差しかかったとき、ちょうど地下階段から出てきたミウと鉢合《はちあ》わせした。そのときはフードを頭にかぶっていなかったのでいつもよりさらに小柄に見えた。彼女は僕を見るなり不機嫌《ふきげん》そうな顔になり、フードをあわてて髪にかぶせてしまう。

「今日はギターは？」

まるで僕の存在価値はあの赤いＥＳ‐３３５にしかないみたいな訊き方だった。

「いや、その……」

僕は言いよどみ、ミウの顔をそっとうかがう。そもそもこいつはいったい何者なんだろう。いつ来てもこのあたりをうろついているし、ストリートミュージシャンたちにも広く知られてるみたいだし。

「じゃあなにしにきたの？」

「……あれから、どうなったのかな、って思って。その……警察が来てただろ」

「べつになにもない」とミウは唇《くちびる》をすぼめる。「ちょっと場所取りがかぶっただけ、って正直に話して、おしまい。玲司はあそこの交番の警官とはもう長いつきあいだから」

なにもなかったのか。よかった……。

安堵《あんど》する僕をミウは白目でにらみ、五叉路《ごさろ》の方を指さす。仲裁してもらったのに、ハルはそのまま帰っちゃったでしょ」

「せっかく来たんなら、玲司《れいじ》にちゃんとお礼言えば。

僕ははっとしてそちらを見る。僕がいつも演奏している携帯ショップ前広場に、人だかりができている。粒立ちの良いギターストロークがここまで聞こえてくる。ミウが歩き出すので僕はほとんど無意識にその背中を追いかける。

交差点を背にした植え込み前を、人垣《ひとがき》が何重にも囲んでいた。その粗雑なフィルターをくぐり抜けてきた歌が僕の顔に吹きつける。僕は思わず足を止めて目を細める。雪解け水に鉄屑《てつくず》を混ぜたような、澄み透っているくせに攻撃的な声。観客たちの揺《ゆ》れる背中や肩の合間から、あの金髪頭がちらちらと見えている。聴き慣れないパーカッションがギターリフを支えている。より明るく高いもう一人の声がかぶさり、ハーモニーが絡み合う。

ミウが人垣に無遠慮《ぶえんりょ》に分け入っていく。そのせいで演奏者二人の姿が一瞬《いっしゅん》だけはっきりと見えた。玲司さんはマーティンのD18を激しく掻《か》きむしり、その隣でタンクトップ姿の色黒の男がまたがった木箱を平手で打ち鳴らしている。飛び散る汗が火花になって見えそうなほどの音と音のぶつけ合いに、集まっただれもが呑《の》み込まれている。

生きている、と僕はそのとき不意に感じた。

音楽が生きている、というのはこのことだ。耳だけで聴くものじゃないのだ。肌に受け止め、唇《くちびる》を濡《ぬ》らし、血の中に受け入れて魂《たましい》まで届き震わせるもの。僕はそんな音楽のほんとうの姿をそのときまで知らずにいたのだ。息もできなかった。ほんの一呼吸でも空気を取り入れたら、僕の中で死んだまま眠らせていた様々な記憶が揺り動かされて目を醒《さ》まして胸を突き破ってあふれ出てきてしまいそうだった。

人の環に、僕は近づけもしなかった。ずっと離れた広場の端っこに立ち尽《つ》くして、二人の歌を聴いていた。身体《からだ》と意識は何度も乖離《かいり》しかけた。通行人が邪魔《じゃま》くさそうに僕をにらんだり肩をぶつけてきたりしたけれど、動けなかった。

六曲ほど立て続けに演《や》った後で玲司さんは無造作にギターを下ろした。拍手と歓声が交差点を行き交《か》う大量の車の音さえもかき消す。もう一人のタンクトップ男が白い歯を見せて笑いながら立ち上がり、ペットボトルの水を一口飲む。それから足下《あしもと》の敷物の上に段ボール箱から取り出したなにかを広げ始めた。どうやらCDだ。自主制作音源を売っているのだろう、ギャラリーの最前列にいた女の子たちが次々に千円札を差し出してはディスクケースを受け取っていく。他の客たちは一人去り二人去り、音楽の余熱が少しずつ街へと拡散する。

ようやくミウの姿もまた見えた。玲司さんの隣にしゃがみ込んで、なにか喋《しゃべ》っている。それから彼女が僕を見た。どきりとして、身体を痺《しび》れさせていた魔法が解け、僕はよろける。玲司さんも僕を見た。気まずくなり、目を落とすが、そのまま逃げるわけにもいかない。自分の爪《つま》先《さき》を見つめたまま広場のあちら端へと向かう。

「……昨日は、……すみませんでした。助かりました」

玲司《れいじ》さんの目の前で頭を下げる。

「だから頭下げられる筋合いはねえっつってンだろ」

玲司さんはぶっきらぼうに言ってギターのチューニングを始める。

「あ、おまえがハル？　だよな？」

パーカッション担当だった色黒タンクトップの方も僕に寄ってくる。この人も僕の名前を知っているのか、と面食らう。前に酔っ払った観客に名前を訊《き》かれて一度答えただけなのに、いつの間にかストリートの連中みんなに知られている。

「話だけは聞いてるよ、まだプレイは聴けてないけど。演《や》りにきたの？」

「淳吾《じゅんご》、客」と玲司さんが不機嫌《ふきげん》そうにたしなめる。CDを買いたそうにしている女性客がまた敷物の前に現れたのだ。淳吾、と呼ばれたその人はあわてて営業スマイルに戻って商品と札をやりとりする。

玲司さんは車道を隔《へだ》てた対岸、交番のあたりを見やって言う。

「べつにおまえを助けたわけじゃない。俺らは警察が見て見ぬふりしてっから路上で演れてンだ。ゴタがあって目が厳しくなったら俺が困る」

僕は唇《くちびる》を引き結んでうつむく。

やっぱり僕にはここで演る資格はないんだ、と思う。拾い物のギターにしがみついて、変な幽霊《ゆうれい》に尻《しり》を蹴飛《けと》ばされて、しかたなく歌っているような人間だ。もぐもぐと言葉にもなってない謝罪をもう二つ三つ口にすると、僕は駅へと戻ろうとした。

「ハル、なに帰ろうとしてんの、新曲！」

ミウの怒った声が背中にぶつけられる。僕は唖然《あぜん》として立ち止まった。振り向くと、植え込みの柵に腰掛けた彼女はふくれっ面《つら》で両脚を投げ出し茶色いレンズの奥から僕をにらみつけている。

「ミウ、こいつのプレイそんなにすげえの？」

淳吾さんの方が僕を指さして訊《たず》ねる。ミウは肩をすくめた。

「全然。ギターも歌もだめ。……でも、曲は、……なにかあるの、」

僕は消え入りたくなる。ミウの辛辣《しんらつ》評はいつものことだが、今のはあまりにも本質をついていた。曲はキースが作っているのだ。僕じゃない。

「……あの、……今日はどうせギターもないし」

僕はそう言って立ち去ろうとした。ところがミウが玲司さんの膝《ひざ》からギターを奪《うば》い取って立ち上がる。

「おいミウ」

玲司さんの怒った声も無視してミウは僕に大股《おおまた》で歩み寄ってくると、ギターを僕の腹に押しつける。僕はびっくりして固まり、ギターとミウの顔とを何度も見比べる。

「これでいいでしょ。ハルなんて新曲持ってくる以外に価値ないんだから、さっさと演《や》って」

あまりにも言ってやりたいことが多すぎて、言葉が凝り固まって喉《のど》につっかえた。なんでおまえにそんなこと命令されなきゃいけないんだ。ひとのギターを勝手に使わせるなんてなに考えてるんだ。玲司《れいじ》さんだって怒ってるじゃないか。

でも、僕がなにか言う前に、玲司さんは僕に向かってなにか小さなものを指で弾《はじ》いてよこした。その薄っぺらいものは僕の額《ひたい》にぶつかり、ギターのボディに落ちる。

三角形の黒いプラスチック片——

ピックだ。

「チューニングも途中だ。おまえがちゃんとやれよ」と玲司さんは言った。

僕がギターを抱《かか》えて立ち尽《つ》くしていると、人が集まってくる気配がする。

「あれ、ハル?」「それ玲司のギターじゃないの」「借りたの?」「今日も演るのか」

背後にいくつも声がする。おそるおそる肩越しに見ると、何人もの若い男女が僕を取り囲んでいる。でいる。ミウが僕の胸を小突いて、そばのガードレールに腰を下ろす。玲司さんはぶすっとした顔で、淳吾《じゅんご》さんはにやにや笑いながら僕を見ている。おい、やめてくれよ、と僕は思う。みんななにを期待してるんだ。僕はそんなんじゃないんだ。歌いたくてこの池袋《いけぶくろ》に通ってたわけじゃないんだ。処分しようとしたのにかえって増えてしまったゴミを、ここに少しずつ捨てにきてただけなんだ。

遠くからリズムが響いてくる。僕をキックし、身体《からだ》の芯に少しずつひびを入れる。自分の動悸《どうき》だ。

それから耳の中で――いや、頭の中で、声が聞こえる。

演れよ、クソガキ。

キースの声だった。間違いない。僕は息ができなくなる。置いてきたはずなのに。

いいからとっとと演れよ愚図《ぐず》。俺のに比べりゃ大したギターじゃねえし、おまけにてめえの腕もヘボだが、それを差し引いても俺の曲はしょんべんちびるくらいイケてるから、なんとか聴けるもんになるだろ。

捨てようとしたはずなのに、と僕は思う。

無意識に、右手は弦《げん》を、左手はペグを探《さぐ》っている。わんわんと干渉する二つのハーモニクス音を少しずつ近づけ、調和させる。調弦を終えると、もどかしい息苦しさとともに歌詞が喉を這《は》い上がってくる。僕はそれをこらえ、呑《の》み込み、息だけを吐《は》き出し、ポケットに手を突っ込む。もう今さら逃げられないみたいだ。それならいつもみたいにイヤフォンの間に閉じこもって自分の声さえ聴かずにやり過ごすしかない。

けれど、耳に押し込もうとしたイヤフォンのコードを、だれかがつかんだ。

ぎょっとして振り向く。ミウだった。

「そんなことしてるから、いつまでたっても全然だめなんだよ」

喉《のど》が凍りついた。ミウが言っているのは僕の歌やギターのことだと、頭では理解していた。他の音楽なんて聴きながら演《や》っているから上達しないのだと。でも、心はそう受け取らない。もっともっと深いところまで言葉の刃《やいば》を受け入れてしまう。

こんなことをしているから、僕はいつまでたっても——どこにも行けない。

その刃は、僕の中のなにかをぶつりと断ち切る。

不意に、手が軽くなる。張り詰めていたものが消えている。現実に、僕を縛《しば》りつけていた糸が断ち切られていることに気づく。指にからみついていたコードからイヤーピースが外れ、二つとも道路に落ちたのだ。

「あ……」

サングラスの奥でミウの瞳《ひとみ》がにじんでいく。

「ご、ごめんなさい……」

ミウが震える声でそうつぶやくので、彼女が引っぱったせいでコードがちぎれたのだとわかる。でも、なぜか僕はその事実を呑《の》み込むことができない。彼女が泣きそうな顔で謝っている理由もわからない。こんなに簡単に切れてしまうくらい脆《もろ》いものだったのか、と思う。

それなら、それでいい。放っておけばいい。

コードをポケットにねじ込み、ピックを握る。指先にまで血が通うのが見える気がする。僕はまだ腐っていない。生きてる。それを確かめなきゃいけない。歌うということはむき出しの魂《たましい》を魂にぶつけるということだ。どちらも傷つく。ときに消えないほど深く。僕らはそうして血を流さなければ自分が生きていることを感じられないのだ。

だから僕は震える唇《くちびる》を嚙《か》んで、痛みを頼りに顔を上げて、僕を取り巻いている大勢の目と向き合う。心臓が再びビートを刻み始める。

ピックを弦《げん》に叩《たた》きつけたとき、まるでだれかの何年もかけて伸ばし続けてきた綺麗《きれい》な髪をこの手でばさりと切ってしまったかのような底冷えのするほど心地よい手応えがあった。痛みもはっきりとある。でも僕は手を止めない。アスファルトに散らばっていく音の一粒一粒が見えそうなくらいだ。

声を吐《は》き出すと、池袋《いけぶくろ》の灼《や》けた空気が僕の喉を焦《こ》がす。歌声が——排気ガスや、暗い顔で道行く人々のため息と入り混じってちらちら燃えている。僕自身が弦とピックとの間で削られて粉にされて街に拡散していくみたいだ。歌うというのはそうやって少しずつ磨《す》り減って死んでいくことなのかもしれない。だから彼らはみんな麻薬中毒や交通事故の果てに燃え尽《つ》きてしまうのかもしれない。でも、それでいい、と僕は思う。燃えるように激しく生きた証《あかし》だ。死ぬためには生きなきゃいけない。閉じこもっていた僕は、死んでさえいなかった。ただの蠟《ろう》の固まりだった。それなら今ここで傷だらけになって、粉々になって、火をつけられて、風に巻かれて跡形もなく消えてしまえばいい。

歌が終わる。僕は自分に残っていた最後のひとしずくまでを弦に叩きつけ、額《ひたい》の汗をぬぐっ

て顔を上げる。震える指の間からピックが滑《すべ》り落ちる。ぱちぱちと薪《まき》がはぜるような音が僕を取り囲んでいる。ほんとうにあたりが燃えているのかと一瞬《いっしゅん》思った。目まいが僕をほんのひととき暗闇《くらやみ》に沈め、それから現実に引き戻してくれる。

拍手の音だ。

いつのまにか何十人もの聴き手が集まって、向こうの店の並びがまったく見えないくらいの壁をつくり、だれもが興奮に濡《ぬ》れた視線を僕に注ぎ、手を叩《たた》いている。圧《お》し潰《つぶ》されそうな気がしてうつむきかけ、唇《くちびる》を噛《か》みしめてこらえる。耳の中でキースがげらげら笑うのが聞こえる。ありがとうくらい言えよクソガキ、と彼は言うのだが、その声はやけに遠くて、僕のなけなしの勇気はたった一曲でほとんどすっからかんで、ギターを落っことさないようにするのが精一杯だった。

そっと首を巡らせると、淳吾《じゅんご》さんは僕に親指を立ててみせ、その隣で玲司《れいじ》さんは「さっさと次を演《や》れ」とでも言いたげに僕に人差し指を突きつけてくる。それから——

ミウと目が合う。

きっと手ひどい点数をつけられるのだと思ったら、彼女は真っ赤になって柵から立ち上がり、なにも言わずに人垣《ひとがき》に突っ込み、駅の方へと走り去ってしまう。

そんなにひどい演奏だっただろうか、と僕は絶望しかけるが、近くにいた客の一人が地面に落ちていたピックを拾って渡してくれるので、ミウのことばかり気に掛けていられなくなる。

まだ僕は燃え残っているし、僕の歌を待っている人がこれだけいる。おまけに淳吾《じゅんご》さんが水の入ったペットボトルまで投げてくれる。唇《くちびる》と喉《のど》を濡《ぬ》らして、火照《ほて》りを少し鎮《しず》めて、指のしびれがなくなるのを確かめたら、また歌うしかない。


ミウが息を切らして戻ってきたのは、五曲目を歌い終えて僕が一息入れているときだった。全力で走ってきたのか、フードがとれているのに気にも留めていない。僕のすぐ隣までやってきて身を二つ折りにしてしばらく息をついたあと、手を突きつけてくる。

「……これ！」

差し出されたものを、僕はわけもわからず受け取る。

イヤフォンだった。買ってきたばかりのものらしく、パッケージにはビックカメラのテープが貼ってある。僕は目を丸くしてミウを見る。

「……弁償！」と彼女は恥《は》ずかしそうに言ってフードをかぶる。

「……あ、ああ、うん」

そうだ、さっきミウがコードをちぎってしまったんだっけ。ほんの十数分前のことなのに、忘れていた。

「ありがとう」

「だから、なんでお礼なんて言うの！　弁償なの、わたしが悪いの！」

悪いと思っている人間の言葉にはとても聞こえなかった。あとこのイヤフォン、ピンク色でウサギの柄まで入っていて使うのにけっこう勇気が要るんですが……。

「でも、なにも今買ってこなくてもいいのに」

「わっ、わたしはっ、こういうの後回しにするのがいやなの！　それともなに？　ほっといてハルの歌なんかをぼけっと聴いてろっていうの？」

一曲目は実際にぼけっと聴いてたよね、と皮肉を返そうかと一瞬《いっしゅん》思ったが、やめた。

「そんなに言うなら」とミウは視線をそらして言いにくそうに言う。「わたしがいなかった間に演《や》った曲、もう一度演ってよ。ぼっこぼこの点数つけてやるから」

その横暴な言いように僕は抗議しようとするが、ギャラリーの間からもわっと歓声があがる。演奏の途中から聴き始めた人がけっこう大勢いるのだ。

「でもこのギター借り物だし、そもそも玲司《れいじ》さんが演ってた途中だったし、そろそろ……」

「べつにいい。あと一時間くらい貸しといてやるから勝手に演れ」

玲司さんが僕の言い訳を一蹴《いっしゅう》してしまう。

「俺らの曲も演れよ。働かずにCD売れるならありがたいもんだ」

淳吾さんまでそんなことを言い出す。

僕はあきらめて、すっかり夜の闇《やみ》と光とに沈んだサンシャイン60通りを見やり、渋滞《じゅうたい》にいらだつ車のエンジン音の間に自分の鼓動《こどう》を探す。自分がいる場所がどこなのか、ひとつひとつたしかめる。

喉《のど》はひりひり痛む。指先は乾いて固まっている。シャツは汗で背中にへばりついている。でも大丈夫。まだ動ける。僕は萎《な》えきった身体《からだ》に残りのガソリンをみんな注ぎ込んで、弦《げん》を掻《か》きむしり、歌い出す。自分が生きている証拠を、それから——キースが生きていた証拠を。

アンプラグドの涙

East Ikebukuro
Stray Cats

池袋《いけぶくろ》という街には二つの貌《かお》がある。オフィスビルが建ち並ぶ東と、歓楽街が無秩序《むちつじょ》に広がる西だ。駅と線路によって分断された東池袋《ひがしいけぶくろ》と西池袋《にしいけぶくろ》はまったくべつの街だといっていい。空気も、歩いている人の種類も、天気さえもちがう気がする。

東西を結ぶ連絡路がやけに少ないのも断絶を助長している。徒歩なら駅の地下を往来すればいいが、一度ふと思い立って自転車で来てみたときは苦労した。駅の南端の大ガード下をくぐるか、駅のずっと北にある橋を渡るか、北口脇《わき》のトンネルを通るしかない。このトンネルは雑司《ぞうし》が谷隧道《やすいどう》というのだが、正式名称で呼んでいる人は見たことがない。入り口の上に掲示された金属板に『ウイ・ロード』と書いてあるので、みんなそう呼ぶ。

ウイ・ロードは前述のとおり数少ない池袋の東西連結路で人通りが多い上に、雨露《あめつゆ》をしのげるし音もよく反響するので、ストリートミュージシャンのかっこうのたまり場となっていた。でも僕は一度もそこで演《や》ったことがない。

「ハルはなんでウイ・ロードでは演らないの？」

池袋のストリートではかなりの古株である淳吾《じゅんご》さんに、そう訊《き》かれたこともある。

「あそこ、たまにならいいよ。雨でも平気だし、客多いし」

「いえ、あの、あっちはちょっと……」

「ん？　ドブくせえのが気になるか？」

「いえ。そうじゃなくて」

言いたくなさそうな表情をもろに出してしまったせいで、ごまかせなくなった。

「僕の高校、西口側にあるんですよ。知り合いに逢《あ》うかもしれないから」

「ふうん」と淳吾さんはなんでもなさそうに言った。「ハルおまえ高校生だったのか。ちっこいから中学生くらいだと思ってたわ」

僕は苦笑し、淳吾さんの優しさに感謝する。あまり触れてほしくない問題であることを察して混ぜっ返してくれたのだろう。どだい僕みたいなのが毎日学校にも行かず駅前でギター鳴らして歌っているなんて、ろくでもない事情があるにきまっているのだ。

ところが隣でガードレールに腰掛けた僕よりもさらにちびっこい女は、まったく容赦《ようしゃ》も遠慮《えんりょ》もない。

「ばかじゃないの？　それならそもそも池袋来なきゃいいのに」

ミウはそう言って唇《くちびる》を尖《とが》らせ、茶色いサングラスの向こうから僕を横目でにらむ。

「……そりゃそうなんだけどさ……」

僕は渋い顔でケースからギターを取り出す。楽器というのはこういうときに便利だ。都合の悪い沈黙《ちんもく》を音で埋められる。

僕の反対側に腰掛けた長身の金髪アメリカ人は「あいかわらず糞《くそ》生意気なメスガキだ顔が腫《は》れ上がるくらいぶん殴《なぐ》れ」とかなんとか言っている。キースの姿や声が僕にしか感知できなくてほんとうによかったと思う。しかし他にも人がいる場所では幽霊《ゆうれい》になにか言い返すわけにもいかず、彼は僕の耳元で『女を簡単に黙らせる250の方法』についてべらべらと喋《しゃべ》り続けることになる。

そんなときは、ミウの辛辣《しんらつ》な言葉さえもありがたく聞こえる。意識をそらせるからだ。

「だいたい路上で演《や》ってるの知り合いに見られてなにがいけないの？　恥《は》ずかしいならやめれば？」

「学校にも来ないでなにやってるんだ、って訊《き》かれたら困るじゃないか……」

「学校行けば」

「そういうミウだって学校行ってんの？」僕は思わず声を荒らげる。「しょっちゅう見るし、たまに昼間からうろうろしてるし！」

ミウの顔がかあっと赤くなった。

「ハルのばか！」

ぶつけられた声に、僕は後ろ向きに車道へ落っこちそうになる。ミウはガードレールから飛び降りるとそのまま走り去って東口の人混みの中に消えてしまった。

唖然《あぜん》として見送った僕は、なぜあそこまで怒らせてしまったのかわからず、淳吾《じゅんご》さんの顔を見る。

「あー、うん」

淳吾さんはミウの去っていった方と僕の顔とを見比べ、頭を掻《か》く。

「ハル、おまえ洋楽しか聴かないタイプだろ?」

いきなりの問いに僕は目をしばたたいた。

「え、ええ。……でも、それが」

「なら、気づかないのも無理ないか」

気づかない? なにに?

淳吾さんは、俺から言うことじゃないよ、気にすんな、と手を振った。ミウに関しては気にかかることばかりだったのでもっと詳《くわ》しく訊きたかったけれど、ちょうどそのタイミングで玲《れい》司《じ》さんがやってきたので、話題は打ち切られてしまった。

§

真相を知ることになったのは何日か後の夜だった。真っ暗な自室でPCの前にぐったり座って音楽関係のニュースをぼんやり巡回していたとき、隣で画面をのぞき込んでいたキースがいきなり言った。

「おい、あの女だ」

彼が指さしたのはサイト隅っこの広告バナーだった。深い陰影が印象的な短髪の少女の写真だ。『小峰由羽《こみねゆう》　五大ドームツアー決定！　先行予約開始』と書いてある。

クリックするとサイトが開いて、少女の横顔が大写しになる。僕は息を呑《の》んだ。

ミウだ。

サングラスもパーカーのフードもないからバナーの小さな画像では一瞬《いっしゅん》わからなかったけれど、こうして拡大されれば一目でわかる。

小峰由羽。

僕でもその名前は知っている。二、三年前に華々《はなばな》しくデビューしたシンガーソングライターだ。ローティーンらしからぬ卓越した楽曲と歌唱力とで一気に頂点に登り詰めた——はず。僕は邦楽をほとんど聴かないので、詳《くわ》しくは知らない。

「ああ……」

思い至って声が漏《も》れる。淳吾《じゅんご》さんが言っていたのはそういう意味か。

人並みに日本のポピュラー音楽に親しんでいれば小峰由羽とミウがすぐに結びつくだろう。変装してはいても、あんなにしょっちゅう顔を合わせているのだから。僕がまるで気づかずにいたのは、海外の死んでしまったミュージシャンにしか興味がなかったせいだ。

小峰
五大

僕は検索エンジンに小峰由羽《こみねゆう》と打ち込んだ。デビューは十四歳、現在十七歳。驚いたことに僕より二つも歳上だった。絶対に同年代以下だと思っていたのに。じゃあ高校生なのか、と思ってさらに調べてみたら、日常生活においてもマスコミに追いかけ回されたために通っていた高校を退学した、とある。

僕は天井を仰《あお》いで顔を手で覆った。

知らなかったとはいえ、あんな無神経なことを言ってしまった。そっちこそ学校に行ってるのか、なんて。そりゃあ怒るわけだ。ミウにしてみれば、行けるなら行ってる、と僕を殴《なぐ》り倒したかったところだろう。

今度逢ったときになんて謝ればいいだろうか……。

「ふうん。なんかやけに人のプレイに口うるせえ女だと思ってたら、プロだったのか」

キースはPCのモニタに顔を近づけて言う。

「悪趣味だな。アマチュアの歌バカにしてストレス解消か。けっ。俺みたいに同業者を堂々とバカにしろってんだ」

「そういうんじゃないよ、たぶん……。ミウにも色々事情があるんだよ、きっと」

「なんだハル。おまえがあの女のなにを知ってるってんだ?」

そう訊《き》かれると、なにも知らないとしか答えられない。ほんとうになにも知らなかったのだ。

こうしてネットにあがっている情報だって、彼女のほんの一部だろうし。

そんなことより新曲やるぞ、とキースは（透けた足で）僕の後頭部を何度も蹴《け》ったが、そのときばかりはどうしてもギターを取り上げる気になれなかった。

§

二日後に再会したとき、ミウはぶすっとした顔でそう言った。

「ハルくらい鈍《にぶ》ければ一生気づかないだろうなって思ってたし、その方が都合いいし」

僕らはそのとき東口前の電話ボックス脇《わき》で並んでしゃがみ込んで話していた。まだ陽《ひ》が沈んで間もない時間帯で、人通りも多く、背後の明治《めいじ》通りもぎっしり渋滞《じゅうたい》していた。

「なんか謝られる方が腹立つ」

そうまで言われるとこっちとしてはほんとうに言うことがなくなってしまう。僕は分厚いギターケースを腹に抱《かか》え、おそるおそるミウの顔を横目で見た。サイトの写真にあった小峰由羽の凛《りん》とした横顔と頭の中で重ねてみる。たしかに、同一人物だ。

なぜトップスターが夜な夜なストリートにやってきてアマチュアの演奏に点数付けなんてしているのか。最大の疑問は、口にできなかった。でも空気で察したのだろう。ミウはサングラスの下から僕をじろっとにらみ、唇《くちびる》を尖《とが》らせる。

「べつに気にしてない」

「深い意味はないの。気晴らし」と彼女は言う。「ほとんどは手のつけようもないへったくそだけど、たまに、ガツンとくる人もいる。UFJとか」

「UFJ?」

ミウの視線の冷たさが氷点下に達する。

「玲司《れいじ》と淳吾《じゅんご》。コンビ名も知らなかったの?」

ウルトラ・フルメタル・ジャケットというのだそうだ。全然知らなかった。

「あんまり他の人が演《や》ってるの聴かないから」と僕は言い訳する。

「じゃあゴードンのドラムも知らないの? アレンのヴァイオリンも? なにしに池袋《いけぶくろ》に来てるわけ?」

「ハル、三発殴《なぐ》れ。俺が三発蹴《け》る」とキースが歯を剥《む》いた。「それからそのなんとかいうパフォーマーどもを教えろって言え。俺が聴いて判断してやる」

キースの言葉は例によって無視しようときめていたのだが、前半はともかく後半は聞き入れることになってしまった。ミウがこんなことを付け加えたからだ。

「演るばっかりじゃだめになる。聴かないと」

独り言みたいな言い方だった。ひょっとすると僕に対してではなくほんとうに自分に言い聞かせたのかもしれなかった。

僕は東口の階段の雑踏《ざっとう》をぼんやり眺《なが》めるミウの横顔を見つめ、逡巡《しゅんじゅん》し、言ってみた。

「ええと、じゃあ、……池袋でこれだけは聴いておけって人、教えてよ」

「なんでわたしがそんなことしなきゃいけないの」

辛辣《しんらつ》な答えが返ってきて僕は肩を落とした。

「……そうだよね。ごめん」

「なんでそう簡単にあきらめるの！」

ミウは立ち上がって僕の肩を叩《たた》いた。

「ほら、行くよ！」

「めんどくせえ女だな」

さすがにこればかりは僕もキースと同意見だった。


それからミウと二人で池袋のあちこちを回り、ストリートパフォーマーたちを何人も観た。過ごしやすい初夏の夜は路上も音楽でにぎわう。たしかに彼女の言う通りだった。十人に九人は——僕も他人をどうこう言えた腕ではないが——評価できるレベルではなかった。そういう連中の前は素通りする。でもたまにはっとする演奏に出くわす。するとミウは立ち止まってひとしきり耳を傾ける。足を止めて聴くということ自体がミウとしては一定以上の評価なのではないか、と僕は少しうぬぼれてしまう。

聴く価値のあるパフォーマーには一定の傾向があった。まず、外国人が多い。そしてストリート基準からすると年を食っている人が多い。要するに生活がかかっている人たちだ。それからヴァイオリンやオカリナや木琴といった路上では珍しい楽器を扱っている人は例外なくテクニシャンだった。

中でもすごかったのはゴードンさんという、バケツをドラムス代わりに叩《たた》いている人。あまりにも圧倒されたのでなにも感想が出てこなかった。代わりに僕は財布から五百円玉を出してバケツに投げ入れた。ゴードンさんはストリートで金を貯めて本物のドラムスを買うのが目標だと言っていた。

「馬鹿《ばか》かてめえは。そんなまだるっこしいことしてねえで強盗しろ強盗。てめえくらいの腕がありゃあ赦《ゆる》される」

一緒《いっしょ》に聴いていたキースはそんな無茶な毒づき方をした。

足を棒にして色んな種類の音楽を聴きまくっていたせいで、駅の西口側に足を踏《ふ》み入れていたのにまるで意識していなかった。気づいたのは、西口公園の入り口に差しかかったときに芸術劇場の方からやってくる制服姿の一団を見つけたからだった。

僕の高校の制服だった。

距離もあったし、公園の明かりはまばらでだいぶ暗かったから顔は見えなかった。でも、みんなこっちを見た気がして息が詰まった。

「なにビビってんだ」とキースが言う。「被害妄想《もうそう》だ。だれもてめえの顔なんざ憶えちゃいねえよ、生煮えヤドカリ野郎。高校なんて一ヶ月も通ってねえだろ」

でも僕は担《かつ》いだギターで顔を隠し、公園を出て駅の方に足を向ける。

「ちょっとハル？」ミウの声が投げつけられる。「そっちじゃないってば、マルイの前にもけっこう演《や》ってる人いるんだから！」

「……ごめん、……今日はもう帰る」

「ハル？　なんなのもう！」

ミウは追いすがってきた。早足で僕の隣を歩きながら顔をのぞき込んでくる。

「……さっきのがハルの学校の？」

僕は足を止めて目のあたりを片手で覆った。自分のわかりやすさと情けなさに涙が出てきそうだった。ミウがそこに追い打ちをかけてくる。

「ばかみたい。さっさと学校やめちゃえばいいのに」

さすがの僕もむっとした。

そりゃあミウは簡単にそうできただろうさ。プロのミュージシャンとしての輝かしい未来がもう約束されてるんだから学校なんて通ってなくても全然問題にならない。でも僕は一般庶民なんだよ、高校も出てないでこの先どうしろってんだ。

胸の内でそう言い返した後で、僕は愕然《がくぜん》とする。

おい、なにを言ってるんだ？　不登校なんだぞ。僕の将来なんて現時点で真っ暗だ。退学してるかしてないかなんて書類上の問題に過ぎない。

北口の階段を少し下りたあたりで僕は足を止めて壁に寄りかかり、ひどく重たく感じられるギターを肩からおろしてしゃがみ込む。足音がやってきて、ミウのスニーカーの爪先《つまさき》が視界に刺さる。

「なんなの、今日のハルは」

「いや、ほんとごめん。……いっぱい案内してくれてありがと」

「もっといっぱいすごい演奏聴いて自信なくして音楽もやめちゃえば。ふん」

きつい言葉を投げ捨て、足音は再び階段を上がって遠ざかっていってしまった。

立ち上がるだけの気力をかき集めるのにもかなりの時間がかかった。僕はうなだれてとぼとぼと駅の地下改札に向かった。

§

次の日は頭を冷やしたかったので池袋《いけぶくろ》には行かないつもりでいたのだが、夕方五時くらいに送られてきたメールを見て僕はベッドから転げ落ちた。玲司《れいじ》さんからだった。

『新曲を一個頼みたい　今日は8時からドコモ前でやってるから来い』

あまりにもぶっきらぼうな書き方だったので、この「新曲を一個頼みたい」という文章にはなにかストリート的なべつの意味があるのではないかと疑ったが、どう考えても作曲を依頼したいというそのままの意味にしか読めなかった。

玲司《れいじ》さんが？　僕に？　なんで？

無視するわけにもいかないので僕は夜を待って部屋を出た。

靴を履《は》こうとしたとき玄関が開いて、スーツ姿の父親が入ってきた。身がすくむ。思わず目をそらして三和土《たたき》の隅を見つめる。靴紐《くつひも》が指の間から滑《すべ》り落ちる。

じっとりした沈黙《ちんもく》がうなじに粘りついた。

「……最近よく出かけるようになったな」

訊《き》かれ、うなずく。顔を見ていないので、ただの確認なのか、それとも非難が含まれているのか、わからない。

「先生が――」と父は言いにくそうに続ける。「担任の先生が、もう何度も電話してきた。おまえと話したいらしい」

僕は背をこわばらせ、なにも答えない。そんな事実だけ報告されても困る。続く言葉はなにもない。父だってなにを言っていいのかわからなかったのだろう。先生に対しても、僕に対しても。

またしばらく、少し温度のちがう沈黙があった。父の視線が、僕ではなくすぐそばに立てかけていたギターケースに注がれているのがわかった。

「……弾けるのか？」

ぼそりとそう訊《き》いてきた。

部屋に閉じこもってこんなものを練習して弾けるようになるまでになってしまったのか、という問いに聞こえて、僕はやっぱり答えられない。曖昧《あいまい》にうなずくことしかできない。

「そうか」

父はつぶやいて、靴《くつ》を脱いで廊下を行ってしまった。

ため息は、安堵《あんど》のものかあきれているのか自分でもよくわからない。あれが親子の会話なのか、と思う。こんな時間にどこに行くのかとさえ訊いてこない。お互いにそれが楽だからだろう。訊かれたら答えなきゃいけないし、夜な夜な路上でライヴをやっているなんて知ってしまったら父もなにかしら小言を垂れなきゃいけない。どちらにとっても面倒くさい。無関心がいちばんだ。

池袋《いけぶくろ》に着いたときちょうど八時だった。地下道を通って銀行の前に出ると、歩道のずっと向こう、五叉路《ごさろ》の付け根の広場に玲司《れいじ》さんと淳吾《じゅんご》さんの姿が見えた。二人ともただでさえ体格がいい上に、その日の淳吾さんはスタンドにシンバルまで用意していたのでやたらと目立つ。

「一曲書くのにどれくらいかかる？」

顔を合わせるなり玲司さんはそう訊いてきた。

「えっ」

「けっこうぽんぽん新曲持ってくるだろ。一日で書けるのか」

「ああ、ええと、その」

僕が書いているのではない、ギターに取り憑《つ》いた変な幽霊《ゆうれい》が作詞作曲してるんです、とはもちろん言えない。

「たまには他人《ひと》の曲演《や》ってみたいんだよ」と淳吾《じゅんご》さんが言う。「いきなりでごめんな。玲司、思いついたら遠慮《えんりょ》しないから」

「で、でも、どうして僕なんか」

「おまえの曲が良いからにきまってるだろ」

とても誉《ほ》めているとは思えない口調で玲司さんは言う。

「ギターは全然だが、詞と曲はいい。いっぺん俺たちも演ってみたいって話になった。一曲作ってくれないか」

「てめえそれが人にものを頼む態度か、ぶち殺すぞ」とキースが玲司さんの目の前に立って頭突きでもしそうなくらい顔を寄せガンをたれる。玲司さんも長身だがキースはそれ以上なのですさまじい剣呑《けんのん》さだ。幸いその一触即発の雰囲気《ふんいき》は僕にしかわからないのだけれど。

「ええと、あのう」

「まずギャラの話をするのが筋ってもんだろうがクソガキが。何万ドルだ？」

やめてくれよキース、と僕は心の中で言う。話してるのは僕なんだから。

「再来週、俺らが主催するイベントあるんだよ」と淳吾《じゅんご》さん。「西口公園で、ちゃんと許可とってやるやつな。それで客層も普段とちがうし、俺らもいつもは演《や》らないような感じの演りたくてさ」

「再来週、ですか」

それで曲を書くのにかかる時間を最初に訊《き》いてきたのか。

「金も出す。無理にとは言わねえが」

玲司《れいじ》さんがそう言うので、僕はあわてて答えた。

「あ、や、やります。明後日《あさって》までに作ればいいですよね？」


その夜はキースに土下座することになった。だれかが僕の部屋に入ってきたらきっと異様な光景に顔を歪《ゆが》めていただろう。だれもいないベッドに向かって平伏して額《ひたい》をカーペットにこすりつけているのだから。

「頼むよ。玲司さんたちにはすごくお世話になってるし」

僕はそう懇願《こんがん》するのだが、ベッドにふんぞり返るキースはぶすっとしたままだ。

「おまえが自分で書くわけでもねえのに、よく安請け合いできたもんだ」

「それは悪いと思ってるけど」と僕は首をすくめる。「でも、いつもいきなり曲作っては僕に練習させてるじゃないか。同じことやるだけだろ」

「あァ？」

キースが目を剝《む》くので僕はますます小さくなった。失言だった。僕のうなじにキースの鼻息が大量に降ってくる。

「……ったく、しかたねェな」

「やってくれるのっ？」

僕は跳《と》び上がる。キースの舌打ちはネズミくらいなら撃《う》ち殺せそうなほどだ。

「なんなんだよ。ちょっと前までまともに人の顔見て歌うこともできなかったやつが、急に要らねえやる気出しやがって」

「いや、そんなこと言ったって」僕はばつが悪くなってキースの視線を避ける。「断れないだろ、ああやって頼まれたら」

たしかに安請け合いだった。自分がなにもしなくていいから軽々しく引き受けてしまった面は否定できない。

ところがキースは目を眇《すが》めて僕を冷ややかににらむ。

「わかってねえのか。曲書くだけなわけねえだろが」

「……え？」

でもキースは謎《なぞ》めいた言葉にそれ以上説明を加えず、僕の腹を蹴飛《けと》ばした。

「底なしの馬鹿《ばか》だな。まあいい。おら、さっさとギター出せ。録音できるようにしろ」

§

できた曲を玲司《れいじ》さんに送った翌日、キースの言っていた謎が解けた。僕がギターケースを背負っていつものドコモ前広場に顔を出すと、玲司さんが普段とはちがう楽器をセッティングしているところだった。ギターはギターなのだがネックは長くボディは小さく、おまけに弦《げん》が四本しかない。どこからどう見てもベースギターだ。

「……ベース……なんですか、今日は。珍しいですね」

玲司さんはチューニングする手を止めてちらと僕を見上げて言う。

「おまえのギターはエレキだしな。ベース合わせた方がいいだろ。もらった曲もだいぶエッジ利いてる感じのだったし」

「え？　あ、はあ」

UFJの二人で演《や》る曲になんで僕のギターが関係あるんだ？　ちょっと待て、まさか。

「よ、ハル」

背中を叩《たた》かれ、振り向くとタンクトップ姿の淳吾《じゅんご》さんがカホンとシンバルスタンドを担《かつ》いで立っていた。

「いい曲あんがとな！　ほんとに二日で仕上がんのな、びびったぜ。それにしてもおまえ、けっこう高いとこまで声出るのなー、さすがにサビは上ハモリ無理だからちょっとフェイク入れるけどいいよな？」

「は、はい、あの」

「んでBメロはおまえと玲司だけで歌った方がいいかなと」

「僕？　僕も歌うんですかっ？」

淳吾さんは目をしばたたいた。その隣でキースが「ほらな」という顔をしている。

「だってハルの曲だろ」

「い、いや、でも、僕は頼まれて」

「ごめん、言ってなかったか？　まあいいや、そういうことで。三人でコーラスつけたら絶対受けるって。路上じゃなかなかいないだろ、三人ヴォーカル」

「まさか、その、イベントにも出ろっていうんじゃ」

「当たり前だろ」

チューニングを終えた玲司さんが素っ気なく言って、アンプを小型発電機につないだ。頭から血が引くのが自分でわかった。

「ギャラは出す。これ、とりあえず曲のぶん」

玲司《れいじ》さんが僕のポケットに何枚かの札を直接ねじ込んだ。

「ハルの曲、レコードにも入れるとなったらまたどうすっか考えないとな」

「そのときは普通に売り上げ分配だろ。先の話だ。それより早く準備しろよ」

僕は二人の会話を遠く聞いていた。玲司さんに小突かれても、しばらくは呆然《ほうぜん》と立ち尽《つ》くしていた。


「——イベント？　ふうん。出れば？」

夜中にやってきたミウに話してみたら、興味なさそうに言った。

「玲司と淳吾《じゅんご》と一緒《いっしょ》に演《や》るってことでしょ。いいんじゃないの。ハルはへったくそだから曲がかわいそうだなって前から思ってた」

僕も同感だったので返す言葉がない。普段ミウにはひどい反応しかしないキースもこのときばかりはうなずいているので追加で落ち込む。

「ベースとパーカッション入れるってことはバンドサウンドになるってことでしょ。そっちの方がいいよ。ハルの作ってくる曲、どれもギター一本で演る感じの曲じゃないし。がっちがちのブルース系統のハードロックのにおいがする」

聴いててわかるもんだなあ、と僕は感心する。その通りです。作っているのがハードロックバンドの人なので。

「迷う理由なんてあるの？」とミウは非難がましく言う。

「西口公園でやるらしいんだよ」

僕の高校の生徒もよく通る場所だ。知っているだれかに見られるかもしれない。ミウは「あいかわらずそんなこと気にしているの？」という目で見てくる。それを差し置いても、普段とは全然ちがう舞台なので不安だった。

「西口公園っていうと、あのステージ？」とミウ。

「たぶん」と僕はうなずく。池袋《いけぶくろ》西口公園に設《しつら》えられたステージはプロもたまに使うくらい立派なものなのだ。「そんなとこで、ほんとにちゃんと弾けるのかなって……」

「毎晩路上で歌ってるくせに今さらびびってるの？　ばかじゃないの？」

何万人ものファンの視線を浴びせられながら歌ってきたミウにそう言われてしまうと、まったく返す言葉がない。

彼女の顔をちらと見て、言いかけたものを呑《の》み込む。目ざとく気づいたミウが言った。

「なに？」

「いや、なんでもない」

「気になるからちゃんと言って」

足を踏《ふ》んづけられた。僕は観念して口を開いた。

「舞台の上で、あんだけ大勢を相手に歌うのってどういう気分なんだろうな、ってちょっと思って。いや、もちろん比べものにならないことはわかってるんだけど」

言い訳めいたことを並べる僕をミウは冷たくちらと見て、それからまたグリーン大通りで信号待ちする車の列に視線を戻す。

「最っ高の気分だよ」

ミウは吐《は》き捨てた。最悪の気分だ、と言っているようにしか聞こえなかった。

「光ってね、ちゃんと重さがあるの。スポットたくさん浴びてるとわかる」

彼女もまたなにかに怯《おび》えてこの池袋《いけぶくろ》の夜に逃げ込んできたのだろうか、とそのとき僕は感じた。この街を歩いていても、うんざりするくらい数多くの光を浴びる。でもそれは舞台の上で自分ひとりに向けられた光じゃない。無責任で重さのない光だ。それでかえって安心できるのだろうか。

もちろん言葉にして訊《き》くことはできなかった。

ミウと別れ、地下通路への階段を下りかけたときだった。車の音に混じって、若い一団の声が聞こえてきた。

「――んとに？」

「ほんとだって。うちのクラス」

「小野寺《おのでら》ってやつ」

「だれそれ？　いたっけ」

身がこわばった。小野寺。僕の名字だ。首をねじると、階段の口にうちの高校の制服姿がちらりと見えた。僕は転げ落ちるようにして通路まで階段を下りきった。

「先月までは学校来てたんだよ」

「中退？」

「このへんでギター弾いてんだって」

「マジ？　転落人生だな」

ぞっとした。聞き間違いでも勘違いでも自意識過剰でもなかった。どう考えても僕のことだった。

「よし、全員まとめてぶん殴《なぐ》るぞ」とキースが言った。「特別に俺のギターを使わせてやるから頭蓋骨《ずがいこつ》かち割れ」

僕は何度も首を振った。声と足音が階段をこちらへやってくる。耳をふさいでも余計にはっきりと聞こえてくる気がする。

「よく女と一緒《いっしょ》にいるんだけど」「うっそ。俺もギターやろうかな」

「その女がさあ、小峰由羽《こみねゆう》に似てて」「小峰由羽マジやりてえわ」

「このへんけっこう目撃情報あるんだぜ」

「あいつ遊んでそうだもんな」「俺らより歳上《としうえ》なんだぜ小峰」

僕は改札の方へと走り出した。ギターの重みが何度も何度も背中にぶつかって骨が軋《きし》んだ。埼京《さいきょう》線のプラットフォームにたどり着いたときには全身汗みずくで満足に息もできず、やってきた快速列車の風圧で吹き飛ばされそうになった。


その夜、玲司《れいじ》さんにメールを打とうとしたけれど、できなかった。

学校の連中に路上で演《や》っているところを見られた。ミウのことも知られた。迷惑かけるといけないからイベントには出ません。……そう書いて送るだけなのに、どうしても指が動かないのだ。

スマートフォンを床に投げ出し、ベッドに転がって天井をにらむ。

「あんだけ尻込《しりご》みしてたのに、やめる口実が見つかったら今度はやめねえのか」

枕元に立ったキースがせせら笑う。

「だって、あと二週間ないんだよ。今さらやめるなんて言い出したらかえって迷惑じゃないかな……」

キースは鼻を鳴らした。

「言い訳しないことに言い訳すんのか。頭にウジわいてんじゃねえのか」

僕の考えてることまで見透かせるのか、幽霊《ゆうれい》って便利なもんだな、と思う。

キースの言う通りだった。玲司さんたちに迷惑だからやめない、なんてただの言い訳だ。ほんとうは、僕がやめたくないだけだ。だれかに頼られたことなんて生まれてはじめてだったからだ。それに、玲司さんや淳吾《じゅんご》さんが求めたのはキースの力だ。僕は二人をだましているだけ。それならせめて、演奏にも参加して自分でも役に立ちたい。

「お偉くなったもんだな」とキースが歯を剝《む》いた。「今のおまえじゃ足引っぱるだけだ。やめとけやめとけ」

「そう思うならもっと親切にギター教えてくれたっていいのに」

キースは実におおざっぱにしかレッスンしてくれないのだ。実体がなくてギターに触《さわ》れないからしょうがないのだけれど。

「どうせおまえのギターなんて俺の猿真似《さるまね》だろ。俺のライヴ観ろ。眼《め》ン球が干《ひ》からびて脳味噌《みそ》が耳からどばどばこぼれるくらい何度も観ろ」

言われなくてもそうしてきた。

でも、考えてみればキースが死んでから一度もDDDの音源を聴いていない。CDをみんな捨てようかとさえ思っていたのだ。

今ならたぶん――平気だろう。

ライヴDVDを取り出してPCに嚙《か》ませ、ヘッドフォンをかぶる。やがてスタジアムを埋める数万の観客の歓声と手拍子が僕の意識を浸《ひた》していく。バスドラムのキックがその律動を下から支える。ステージの真ん中で金色の炎が燃え立ち、歓声が弾《はじ》ける。キースだ。長い髪を振り乱してピックを真っ赤なES‐335に叩《たた》きつけている。

「四年前か？　ははッ、こんなちゃちい画面で観ても俺はやっぱり最高にクールだな」

幽霊《ゆうれい》の声はヘッドフォンの爆音も関係なしに聞こえてくるんだな、と思う。膝《ひざ》の上のギターと、画面の中のキースのそれとをまた見比べる。やっぱり同じものに見える。

「この頃は……生きてたんだよね」

当たり前の言葉が漏《も》れてしまう。キースは鼻を鳴らした。

「生きてても死んでてもおまえには関係なかっただろ。生きてる俺なんて一度も見たことなかったじゃねえか」

それもそうだ。不思議なものだ。死んでしまった今の方が、僕はキース・ムーアという人間の存在を強く色濃くリアルに感じられている。昔はぼんやりと歌の旋律《せんりつ》をたどりながら画面に視線を這《は》わせていただけだったのに、今はキースの右手のビートにじっと目を注ぎ、低音に自分の心音を重ね、DDDのバンドサウンドの奔流《ほんりゅう》の中に自分の感覚を泳がせている。ハイハットの火花のひとつひとつまで指さして数えられそうだ。

どうやってキースのギターが彼の魂《たましい》を呑《の》み込んで海を渡ってあのゴミ捨て場にまでたどり着いたのかはわからない。でも僕はその奇蹟《きせき》に感謝する。ひとつでも多く、彼の中に残された歌を形にできたらいいと思う。そして一人でも多くの人に聴いてもらいたい、と。

だからPCの画面でステージの端から端までを跳《は》ね回るキースの姿を目で追いながら、僕はピックを握りしめ、現実のギターで自分のビートを刻み始める。

§

池袋《いけぶくろ》の西口を出てタクシー乗り場の左手の道路を渡ると、ビルの森がぽっかりと開けている空間がある。彫刻を戴《いただ》く車止めの高い柱の間から、水音が聞こえてくる。

西口公園は、三つの円形が組み合わされた不思議な形の敷地を持っている。いちばん小さな円は駅に近い側で、中央に噴水があり、昼間はしじゅう鳩《はと》が群れている。いちばん大きな円は公園の最奥、東京芸術劇場の足下《あしもと》の広場だ。

間に挟《はさ》まれた三つ目の円は、その日、人の海だった。

コンクリートづくりのステージの中央奥にはドラムセットが設《しつら》えられ、低い丸椅子《まるいす》に淳吾《じゅんご》さんが陣取っている。昼過ぎにイベントが始まってからほとんど叩きっぱなしで、むき出しの日焼けした肩は汗で黒光りし、タンクトップは水をぶちまけたみたいに濡《ぬ》れていた。司会者のドレッドヘアの若い男が、淳吾さんの刻むリズムに合わせて次のパフォーマーをラップぎみに紹介すると、公園に詰めかけた数百人からこの日何度目かわからない歓声があがる。

僕はその光景を、淳吾さんの隣からずっと見ていた。

ギターストラップはES‐335の重みで肩に深く食い込み、握ったネックは汗でべっとり汚れていた。ほとんど全出演者のバッキングとコーラスをやらされて、もうへとへとだった。ドラムスを挟《はさ》んだステージ逆側では、玲司《れいじ》さんがベースを手に涼しい顔をしている。やっぱり弾き通しで歌い通しのはずなのになんであんなに平然としていられるのだろう。

曲の合間にペットボトルのスポーツ飲料をあおり、それからステージ背面にちらと目をやる。幕に大書きされたイベント名が目に入る。

"BAND IN THE STREET"

二週間前、このイベントの詳細を聞かされたときは正直「だまされた」と思ったものだ。

「普段路上でみんなピンでやってるだろ。せっかくイベントでステージも音響も使えるし、それぞれの参加者の十八番《おはこ》をさ、バンドサウンドに乗せて演《や》ってみたら面白いだろうと思って。俺もたまにはドラムスぶっ叩《たた》きたいし」

淳吾《じゅんご》さんはそう説明してくれた。

「はあ。面白そうですけど」

「俺らが主催だから、バックバンドはずっと俺らが担当する」

玲司さんは年季の入ったプレシジョンベースをぽんと叩く。僕はおそるおそる言った。

「……ドラムスとベースさえあれば、バンドっぽくなりますもんね」

「なに言ってんだ。リズムギターはおまえがやるんだよ」

嫌《いや》な予感は僕のど真ん中をぶち抜いた。

後から考えてみて、二人が僕に曲を頼んだのもバックバンドのギター役を断りづらくするためではないかという疑いも涌《わ》いてきたけれど、怖くて確かめられなかった。それに、何人ものパフォーマーたちと合わせ練習をしていくうちに余計なことなんて考えられなくなった。とにかく曲を憶えてついていくだけで精一杯だった。どんなジャンルのどんな曲でも一発で合わせられるUFJの二人のテクニックが心底恐ろしかった。

二人に恥《はじ》をかかせないようにと練習に没頭し、気づけば本番だ。こうしてスピーカーからの太いフィードバック音と大勢の観客たちの熱い息づかいとが渾然《こんぜん》と入り混じった空気を浴び続けていると、現実感なんて一昨日《おととい》くらいに置き忘れてきた気がしてくる。

「ハル、いいプレイだったよ」

三曲立て続けに演ったアレンさんが観客に手を振りながら僕を見て笑う。アレンさんは黒人の名物ヴァイオリニストで、いかつい見た目に似合わず有名音楽院の出だというから本来は僕みたいな素人《しろうと》がセッションできる相手じゃない。お世辞を言われると恐縮してしまう。

「……僕、ちゃんとできてました？　けっこうミスしたし」

「細かいミスはいいのヨ、グルーヴを壊さないことが大事。それにハルのギブソンはいい音出せる。どんな曲にも合うヨ」

玲司さんが僕をバッキング要員に選んだ理由の半分はこのギターなのだろうな、と思う。セミアコースティックのES-335は縦ノリのロックからカントリー、ジャズ、果てはクラシックまで、どんな曲でもゲストの持ち味を損なわずに下支えできる芸達者だ。

理由のもう半分はおそらく、僕が暇そうで断らなそうだったから。

司会者のラップトークをぼんやり聞き流しながら、僕は弦《げん》を布で拭《ふ》き、チューニングをする。あまり考えないようにしよう。ここに立っているのが僕でいいのだろうか、なんて思い直し始めたらおしまいだ。

ドラムスのシンプルなビートに合わせた土砂《どしゃ》降りの手拍子の中で、玲司《れいじ》さんが言った。

「ハル、次が俺らの番だ」

ステージの背後の幕を指さす。

「今のうちにストラップ直してこい、演《や》ってる最中に落ちるぞ」

言われて気づいた。僕のギターを肩から吊《つ》るす革製のストラップの接続部がぼろぼろにほつれて外れかけている。危なかった。演奏中に落っことしたら台無しだ。

コードを抜いてそっとステージ裏に出ると、ガムテープで応急処置した。もうUFJの出番なのか。ということはあと四曲で祭りもおしまいか。額《ひたい》の汗をぬぐいながら西口公園を見渡す。芸術劇場の巨大な影がすっぽりと敷地を覆い尽《つ》くしている。池袋《いけぶくろ》の薄汚れた夕空がビルと立木の間に見える。目を下ろせば、演奏を終えたパフォーマーたちがステージの階段やタイル敷きの地べたに座り込んで、淳吾《じゅんご》さんと玲司さんの背中に目を注いでいる。僕に笑いかけてくる人も少なくない。恥《は》ずかしくなって、目礼して視線をそらす。

不思議な気持ちが僕の肌をぴったりと包む。水泳の授業が終わって更衣室を出るときの、あのほっとするような、さびしいような感覚に似ている。

いやいや、まだ終わりじゃないんだ。いちばん緊張する曲が——キースが作って僕がメインヴォーカルをとる曲が残っている。気づかないようにしていた動悸《どうき》が今さら胸の奥の方で自己主張を始める。なんとかやりきろう。息を止めて走り抜けよう。

「ハル、もう終わったの？」

声に振り向くと、小さな人影が木立の間を縫ってステージ裏に近づいてくるのが見えた。もうだいぶ暗くなって顔はよく見えなかったけれど、パーカーのフードにくっついた大きな三角形の耳の輪郭《りんかく》ですぐにミウだとわかる。

「来てくれたんだ」

明かりの下に出てきたミウは、ばつが悪そうにそっぽを向く。

「今日は、……わりと早く仕事抜けられたから」

「そっか。次がちょうど僕の曲だよ」

まわりのストリートミュージシャン連中もミウの登場に大盛り上がりになる。

「もっと早く来てくれよミウ！」「今日は何点なのか聞きたかったぞ！」

観客たちに不審に思われないかと僕は案じたが、表は表で淳吾さんのドラムソロに合わせて司会者の人がしっかり客席を暖め続けているので、舞台裏でのちょっとした騒《さわ》ぎに勘づかれる心配はなさそうだった。手拍子も衰《おとろ》えるどころか高まっていく。

もう一度ミウの顔を見る。さっさと行けば？　と言いたげにステージをあごで示す。僕は喉《のど》に詰まっていた苦い呼気を吐き出し、ステージに続く階段に足をかける。

そのとき、客席とステージの下手の境目あたりで、会場の雰囲気《ふんいき》とはあきらかに異質な声がいくつか聞こえた。

「……野寺《のでら》か？」「ほんとですって」

「マジで」「さっき見た」

「あれプロじゃねーの？」「おれ同じ中学だったし見間違えねえよ」

「なんでこんなところにいるんだ、親御さんは――」

「知らねえっすよ、先生が自分で訊《き》いてください」

階段に足をかけたまま僕は凍りついた。首を巡らせるときに皮膚《ひふ》が引きつった。観客たちが沸《わ》き立つ中で、会話を聞き取れたのは僕だけだっただろう。知った声だったし、自分の名字が唐突《とうとつ》に出てきたからだ。

気のせいだと思いたかった。でも空耳じゃなかった。人垣《ひとがき》の右端の方に、見憶えのある制服の一団が群れていて、客席を迂回《うかい》してこちらにやってくる。先頭の一人だけは制服ではなくゴルフシャツとチノパンの中年男性だ。僕のクラス担任だ。その隣の生徒がステージを指さしてなにか言っている。血が逆流するような音が耳をふさぐ。あのとき地下道への階段でニアミスした同級生たちだ。どうして教師まで連れてるんだ？　学校で僕の噂《うわさ》をしていたら担任の耳にも入ったのか？　それでイベントに出ることまで調べ上げてわざわざ話をしにきたのか。なんなんだ。ほっといてくれよ。一ヶ月だけ学校に顔を出してぷっつり不登校になった生徒なんておまえらにとっちゃどうでもいいだろ、きれいさっぱり忘れてくれ。僕にかまうな。

僕は上りかけていた階段から足を離して身を低くし、ステージの陰に隠れる。

「なにしてるのハル」

ミウが苛立《いらだ》たしげな声をあげ、僕の肩越しにステージの向こうをにらみ、はっとした顔になる。彼女も気づいたのだ。それだけじゃない。僕のクラスメイトたちもミウを指さし、なにごとか言葉を交わしている。

「おいハル！」

玲司《れいじ》さんの怒鳴り声が聞こえた。僕はもうそちらに顔を向けることもできない。うつむいたまま動けない。意識だけが暗いぬかるみの中へと後ずさりしていく。このままミウの正体まではっきりばれてしまったら彼女にも迷惑がかかる。イベントもみんなが待ちに待った主催者の演奏が始まろうとしているところで台無しになる。

どうしよう、どうしよう、どうしよう——

「ハル、出番だって」

パフォーマーのだれかが僕の背中を押す。僕はなにを否定しているのかもよくわからないまま首を何度も振る。あいつらの目の前で舞台になんて上がれない。きっと嗤《わら》われて罵《ののし》られて引きずり下ろされる。やっぱり参加しなきゃよかった。僕なんて部屋に閉じこもって一日中ヘッドフォンをかぶって砂嵐の中で膝《ひざ》を抱《かか》えてればよかったんだ。どうして陽《ひ》の光の下に出てきた？　どうして歌おうとしたんだ、便所虫のくせに。どうして。

僕は鉛《なまり》の塊みたいに重たく感じられるギターを肩から外し、目をそっと上げる。ステージへの階段に腰掛けている革ジャケット姿の金髪男を見やる。キース、この便所虫野郎はどうすればいい？　もう逃げるしかないよね？

キースはなにも答えない。笑って見ているだけだ。いつもは頼みもしないのにべらべら喋《しゃべ》り通しのくせに、どうして僕が助けてほしいときには黙《だま》ってるんだよ？　おまえがそもそも僕をこの場所に連れてきたんじゃないか。おまえに逢《あ》わなければ、ギターに、音楽に巡り逢わなければ、僕は——

おい、小野寺《おのでら》、小野寺だろ？　だれかの呼び声に僕は耳をふさいで目をつむろうとする。

そのときだった。

「——オノデラなんていないよ」

声が、僕を呑《の》み込みつつあった暗闇《くらやみ》に刺さった。

息を詰め、そっと目を上げる。

アレンさんの巨体が、舞台裏に入ってこようとしていた教師や高校生たちの一団の前に立ちはだかっている。

「あれはハルだよ。池袋《ブクロ》のハル」

「客は客席で聴いててくれ」

トルコ人の鍵盤ハーモニカ奏者ラフェットさんも立ち上がる。その肩越しにクラスメイトたちがたじろぐのがわかる。教師だけは退《ひ》かずに言いつのる。

「い、いや、私は小野寺の担任で」

「だからそんなやつはいねえっつってんだろ」

曲芸トランペッターのおじさんも腰を浮かせてすごんだ。

「こんなところに高校生がいるわけないだろ」

「入ってくんな」

一人、また一人とパフォーマーたちが立ち上がり、教師やクラスメイトたちの目から僕を隠すようにして垣根をつくる。僕は背後からそれを呆然《ぼうぜん》と見つめている。バスドラムとぴったり同調した手拍子が不意にはっきりと聞こえてくる。

「ハル、どうする」

そばにいたジャズピアニストのおにいさんが耳打ちしてきた。

「逃げるか。荷物まとめるの手伝うぞ」

どうする。どうする？

僕は途方に暮れて目を上げ、夕暮れの公園を埋め尽《つ》くす人々の頭を眺《なが》める。鳴り止《や》まない手拍子は花火みたいに空ではじけて散っていく。淳吾《じゅんご》さんの背中が弾《はず》んでいる。玲司《れいじ》さんがちらと僕を見て、すぐに客へと向き直る。ミウは階段の端に腰掛けて僕をじっとにらんでいる。その隣に立ったキースが言う。

どうするんだよ？

なんでおまえが僕にそんなことを訊《き》くんだ、と思う。訊きたいのはこっちだ。おまえのせいでこんな場所にいるんだぞ。おまえが決めることだろ？

そうだよ、とキースは答えた。けれどその声はなぜか僕の内側から響いてきた。

俺《ぼく》の意志でここまできたんだ。どうするかは俺《ぼく》が決める。

心地よい震えが背中から指先にまで走る。僕は手にぶら下げていたギターのネックを強く握りしめる。熱い脈動が返ってくる。ストラップを肩にかけなおすと、ステージの階段に向かう。すれちがうとき、キースに向かって親指を立ててみせる。ミウが不思議そうな顔で、だれもいない隣を見る。

階段を上りきると、熱い風が真正面から吹き寄せ、僕は後ずさりそうになる。

「遅えよ馬鹿《ばか》」

玲司さんが毒づき、ステージの際に歩み出ていく。淳吾さんがバスドラムのキックを続けながらスティックの先で僕の尻を突っついて笑う。うねる歓声の中に、僕を——池袋のハルを呼ぶ声もいくつか混じっているのがわかる。

ＥＳ‐３３５の重みをもう一度だけ確かめ、一歩、また一歩、僕は踏《ふ》み出す。遮るものもない焼けつくような向かい風の中に。背後でオープン・ハイハットの４カウントが炸裂《さくれつ》する。僕はネックを高く持ち上げ、右手のピックを弦《げん》に叩《たた》きつけた。

自分の声で空がどこまでも押し広げられていく、という感覚を、僕はその日はじめて味わった。翼《つばさ》なんてなくても、海の向こうまで飛んでいけそうな気がした。みんなこの瞬間《しゅんかん》のために歌っているんだ、と確信できた。

この瞬間のために――生きているんだ。

いつかミウが言った通りだ。最高の気分だった。

§

終電まで飲み屋につきあわされ、マンションに帰ってきたのは午前二時過ぎだった。全身くたびれきっていて、背負ったギターケースの重たさのせいでろくにまっすぐ歩けなかった。ギターの方がほんとうの身体《からだ》で、こうして困憊《こんぱい》して手足をもぞもぞ動かしている肉の塊はおまけなんじゃないかと思えた。

エレベーターの壁に背中を預け、ドアが閉じるのにあわせて目をつむる。ぐちゃぐちゃに融《と》け合った楽器の音や人々の声が浮かんできて意識の海面で泡になる。ほんの数時間前のことなのに、ひとつとしてはっきりと思い出せない。自分の歌声さえも。

玄関を開けると、水音が聞こえ、真っ暗な廊下にオレンジ色の鋭角《えいかく》な光が差すのが見えた。父がちょうどトイレから出てきたところだった。父も今し方帰ってきたばかりだろうか、ワイシャツ姿でネクタイもゆるめただけだ。目が合いそうになり、僕は三和土《たたき》に立ち尽《つ》くしてうつむいた。

今さらのように、ライヴのアンコールで演《や》った曲が白々しく耳によみがえってくる。唾を飲み込むとそれも喉《のど》の奥に引っ込んで、また息苦しい沈黙《ちんもく》が戻ってくる。

「……母さんが心配する」

父はぼそりと言った。

「せめて日付が変わる前に帰ってきなさい」

僕が小さくうなずくのを父が確認したのかどうかわからない。やがて、廊下の軋《きし》みが遠ざかろうとする。

「――あのっ」

僕は思わず呼び止めていた。おそるおそる顔を上げると、父がリビングのドアノブに手をかけてこちらを振り向いている。どうしてか、僕よりも父の方がおびえているように見えた。

それもそうか。僕は他のだれでもなくすべて自分のせいであることをよくわかっている。父はそうじゃない。自分たちのせいかもしれないと思っている。眼鏡《めがね》の奥のしぼみきった目を見ればわかる。

だからって、なにを言えばいいのかはわからなかった。

「……ギター、やってるんだ」

詰まった喉から漏《も》れ出たのはそんな言葉だった。

「……見ればわかる」

父は居心地が悪そうに言った。

「駅前で、……路上で歌ってるんだ」

僕が続けてそう言ったとき、父の顔は暗がりに沈んでいてよく見えなかった。

「そうか」

それだけ言って父はリビングに入っていってしまった。

ドアの向こうでぱちんとスイッチの音がして、蛍光灯《けいこうとう》の光が廊下に細く漏れた。

僕は息をつき、靴《くつ》を脱いで自分の部屋に入った。ギターケースを肩から下ろすのとほとんど同時にベッドにうつぶせに崩れ落ちる。

ようやく、ビートがはっきり頭の中で響き始めた。憔悴《しょうすい》しきった身体《からだ》から意識がふわりと抜け出して、きらびやかな音の海の中に泳ぎ出す。ヴァイオリンとサクソフォンが笑い合い、マンドリンが踊り、笛の音が柳の葉のようにたゆたう。タンバリンと鈴が僕を水底の光の方へと誘う。沈んでいく。深く、深く、深く……

§

目を醒《さ》ましたとき、部屋は薄暗く、床の絨毯《じゅうたん》にほの赤い光の菱形《ひしがた》が落ちていた。ベッドから起き上がってしばらくぼんやりとその光を見つめていた僕は、ようやく窓から射《さ》し込んだ夕《ゆう》陽《ひ》だと気づく。

全身がまだしびれていて、自分の身体《からだ》じゃないみたいだった。スマートフォンを取り出して時刻をたしかめる。十二時間以上寝ていたのか。首を少し動かすだけでも、コンクリートがこすれ合うような重たい摩擦《まさつ》を感じて、少しぞっとした。せめてシャワーくらい浴びてから寝ればよかった。

ベッドから足を下ろすと、床のギターケースは蓋《ふた》が開きかけていた。いけない。昨日背中から下ろすときに乱暴に扱ってしまったのだろう。壊れていないだろうか、とギターを取り出してあらためる。ほのかな夕陽の照り返しの中で、ES‐335のボディがぼんやりとあたたかく燃えている。

無事だった。息をつき、それから「お疲れさま」とギターに向かってつぶやく。

「あんだけ弾きっぱなしだったんだから帰ってきてからすぐ拭《ふ》けよ」

隣に座ったキースが言った。

「あ、ご、ごめん」

ダスターを引っぱり出して弦《げん》とネックと指板を丹念《たんねん》に拭く。そろそろ弦を取り替えなきゃな、と思う。ギターを始めてから一度も替えていない。

「次はちゃんとライト・ヘヴィの弦にしろよ」とキース。

「わかってるよ、もう買ってある」

イベント中になにかあったらいけないと思って予備を買っておいたのだ。明日替えよう。

「あとペグも交換した方がいい。だいぶガタついてる」

「うん。僕もそう思ってた」

「それからセンターピックアップな、フロントとのハーフにするとなんでかハウりやすいから、もしまたでかいアンプで演《や》るようなら――」

キースはその後も細々とギターの注意点について説明してくれた。フレットに挟《はさ》まった手垢《てあか》の掃除法についてまで言い出したので、僕はさすがに笑ってしまう。

「どうしたんだよ、いきなりそんな細かいことまで」

「ハルひとりでもこいつを扱えるようにならねえとな。癖《くせ》の強いギターだから」

僕は目をしばたたいた。

「いや、うん、それは……そうだけど、なんで今そんな――」

キースの横顔を見つめる。ドラッグと不摂生《ふせっせい》でぼろぼろになった肌に差す深い翳《かげ》り。目にたまった強い火。

唾を飲み込むと、耳の奥の方で重たい水音が響く。

どうしてキースはそんな目で僕を見つめているんだろう？

彼はベッドから立ち上がって書棚に向かった。上から四段目の、精神医療関係の本が並んでいるあたりを指さして言う。

「ハル、これ」

「……え？」

「この本。読んでみろ」

「ね、ねえ、キース」

「うるせえ。いいから言う通りにしろ」

僕は困惑しきったままベッドを降りて書棚の前に行き、彼の指し示す一冊を抜き出した。心理学の入門書だった。現役の医者が書いたQ&A形式のわかりやすい本だった気がする。キースに言われるままにページをめくった。

「そこだよ。読め」

キースの言葉に、手を止めた。

イマジナリーフレンド、という見出しが目に飛び込んできた。

Imaginary friend——直訳すれば『想像上の友だち』は、心の中にだけ存在する架空の人格です。幼少期に多く見られ、人間ではなく動物や妖精《ようせい》という形をとる場合もあります。単なる空想を超えて本人にとってはたしかに実在すると感じられるもので、具体的な外見や声を持ち、会話することができ、ときには助言を与えてくることも……

僕はキースの顔を見た。

「読んだか？」

問いに、なにも答えを返せない。彼の瞳《ひとみ》に、もちろん僕は映っていない。

「おまえが前に読んだ本だよ。それは文章が易《やさ》しかったから最後まで読めたんだろ。俺の持ってる知識はみんなおまえの知識だからな」

「……キース？　なに——」

「もう、わかってるんだろ？」

優しい声だった。キース・ムーアならそんな喋《しゃべ》り方はしない。僕に微笑《ほほえ》みかけたりもしないはずだった。僕の意識は融解しそうになる。

もう、わかってるんだろ？

僕はキースの言葉を胸の内で繰り返す。本をそっと閉じた。なにもかもが、少し力を込めて触れただけで砂になって崩れてしまいそうな気がして、書棚に戻す手も震えていた。

「ひょっとしたら最初から、わかってたんじゃないのか」

キースが言葉を続ける。最初から。赤いES‐335を拾ってきたあの日から。そうかもしれない。目をそむけて、考えないようにしていただけかもしれない。だって本物のキース・ムーアがどうして日本語をこんなにべらべら喋《しゃべ》っている？　僕にも通じるように日本語を使ってくれた、だって？

「でも、でもっ」

信じたくなくて、僕はキースに詰め寄る。心なしかその姿は透けて、背後のクローゼットの戸の焦《こ》げ茶色が見えている。

「詞も曲も書いてくれたじゃないか！」

「だから」

キースは僕の肩に手をやる。けっして触れ合えない手のひらが僕の中のなにかをつかむ。

「あれ書いたのはみんなおまえだよ。おまえの作った歌だ。俺はおまえなんだから」

嘘《うそ》だ。キース。嘘だって言ってくれよ。

「キース・ムーアの作風そっくりだって？　はははは、そりゃ当たり前だ。DDDの曲をもう何千回と聴いたおまえが、それっぽくなるように書いたんだからな。似るにきまってる。でも

おまえ、ちょっとは冷静に考えろよ。多少喋《しゃべ》るくらいならまだしも、日本語で詞なんて書けるわけねえだろ、この俺が」

「キース……僕、僕っ」

もう、なにを言っているのか自分でもよくわからない。キースの姿はにじみ始めている。

「でも、もう、俺がいなくてもいいだろ」

「なんでっ？　キース！」

「だって、おまえ――」

キースが僕の手を、そして足下《あしもと》に横たえられたES‐335を見る。

「もう、ひとりでやれたじゃねえか」

「そんなことっ」声が過熱して喉《のど》に詰まる。「そんなことないよ、なんにもできなかった、キースが蹴《け》っ飛ばしてくれなきゃ、僕、ひとりじゃなんにもっ」

「だからもう大丈夫だって」

キースは皮肉そうな笑《え》みで顔を歪《ゆが》ませる。

「こんな馬鹿《ばか》なこと言わせんなよ。おまえは最初からひとりでやれてたんだよ」

アディオス。彼はそうつぶやき、僕の胸に人差し指を突き立てた。

そのときだけは、たしかになにかが僕に触れた。あたたかみが僕の薄っぺらい身体《からだ》を貫いた。痛みのない痛みを僕は抱き留めた。

まぶたを閉じて、指先にまで広がっていく痛みをたどる。

息を漏《も》らし、目と両手を開き、震える唇《くちびる》を噛《か》みしめて顔を上げる。

僕はひとりだった。僕自身から剝《は》がれ落ちて分厚く降り積もった灰色の無気力の中に、ひとりきりで立ち尽《つ》くしていた。

声も、気配も、熱も冷たさも、どこにも残っていなかった。真紅のギターはカーペットの上で黙《だま》り込んで、沈みかけた夕陽《ゆうひ》がその脇腹《わきばら》をなお紅《あか》く灼《や》いていた。

§

四枚目のアルバムが発売された直後のキース・ムーアのインタビューを、僕はネットで読んだことがある。掲載された写真のキースはずいぶん若く、翻訳はずいぶんフランクだった。こんな文章だ。

——普段はどんな音楽を聴いているんですか？

『音楽なんて聴かねえよ馬鹿。なんで商売でバンドやってるのに仕事でもねえときにまで聴かなきゃいけねえんだ』

——しかし好みのアーティストはいるんですよね？

『セバスティアン・バッハとバルトーク・ベーラとアキラ・イフクベ』

——すみません、歌手で挙げてもらえませんか。

『カレン・カーペンターだ。きまってんだろ。なに変な顔してるんだ、意外なのか？　あれより歌の上手《うま》い人間がどこにいる？』

——それではギタリストですと……？

『音楽院で俺の師匠《ししょう》だったじじいがな、そういう質問をされたときにはアンドレス・セゴビアの名前を挙げとけ、角が立たない二番目に賢い対応だ、つってた』

——はあ。参考までに最も賢いのも教えてくださいませんか。

『そういう質問をされねえようにこういう糞《くそ》インタビューなんざ受けねえことだ。ついでに正直に答えてやるが俺が世界一すごいギタリストだと思っているのは俺で、二番目はその音楽院のじじいだ』

——クラシックギターをきちんと修めたという異色の経歴をお持ちですが、そのわりには曲にクラシックの影響があまり感じられませんが。

『あのな、おまえ車乗るよな？　家には電気が通ってるよな？　それどうやって動いてるかわかるか？　石油と石炭だ。大昔の樹だの糞虫だの糞トカゲだの糞猿だのの化石だ。それでおまえは車のキーを回すときに、今タンクでちゃぷちゃぷしてるガソリンはどういう糞虫からできたんだろうなんて考えるか？　考えねえだろ？　燃えりゃいいんだ。クラシックだって同じだ。

何百年前の糞野郎が遺《のこ》したもんかは知らねえが、俺の中で燃えてる。燃えてりゃいい。どんな形だったかなんてどうでもいい。そういうもんだろ』

その三年後、彼を乗せたBMWは街路樹に激突して腹の中のガソリンを残らずぶちまけ、彼とともに燃え尽《つ》きた。どんな形だったのか、もうだれも思い出せない。

§

いったい何日間、部屋に閉じこもったままなのか、自分でもわからなかった。心配した母がドアの前に置いてくれる食事は、雑炊《ぞうすい》、うどん、おかゆ……と、どんどん消化の良いものに変わっていった。その心遣いが申し訳なくてまったく手をつけられなかった。

元通りになったんだな、と思う。

訃報《ふほう》を知ってから、キースがこの部屋に来るまでのことを思い出そうとする。あのときもこんなからっぽを腹に抱《かか》え込んでずっとベッドの上にいたっけ。僕は二度もキース・ムーアを喪《うしな》ったんだ。最悪だ。こんなことなら、と床に置きっぱなしのギターを見つめる。拾ってこなければよかった。

喪ったんじゃないよ……と自分でせせら笑ってみる。

最初からキースなんてここにはいなかったんだ。僕のつまらない妄想《もうそう》だったんだよ。なんでそんなに落ち込んでるんだ、ばかじゃないのか？　夢から醒《さ》めただけじゃないか。残念ながらキースの死自体は夢じゃなかったみたいだけどね。最悪だね。最悪だ。

それなら、あのとき邪魔《じゃま》されてできなかったことを、済ませてしまおう。DDDのアルバムをみんな捨てて、ギターもあのゴミ捨て場に置いてこよう。それでほんとうに元通りだ。僕は僕のぬかるみに戻れる。部屋の床に溜《た》まったなまあたたかい死の残滓《ざんし》の中に。

ベッドから降りて、ギターのネックを握る。こんなに冷たいものだったのか、と驚く。当然だ。生きていないのだから。ただの木材と接着剤と金属部品の塊なんだ。中にあるのは空虚だけだ。

でも、持ち上げることはできなかった。

僕はやがてギターのそばにへたり込み、ケースの背ポケットをまさぐって新しい弦《げん》を取り出すと、古い弦をゆるめた。一本一本、こびりついた汗と歌声とをたしかめるようにして外し、新しいざらついた血のにおいのする弦をテイルピースの穴に通す。ペグをひとつ巻くごとに、生まれたての力が張り詰めていく。

胸の底が熱くなった。

捨てられるわけがない。こんなにも僕自身が染みついたものを。捨てたってなにも元通りになんてならない。だって僕はもう歌を知っている。胸を灼《や》き、喉《のど》を焦《こ》がし、心臓を溶かすほどの熱を知っている。調弦するにつれて血が通うのがわかる。Eメイジャーの和音を掻《か》き鳴らすと、澄んだ響きがセミアコースティックの身体《からだ》に浸透していく。

そのまま残響に身を任せていたら、押し込めた感情が堰《せき》を切ってあふれ出し、床に突っ伏してしまいそうだった。だから僕は右手で六本の弦を梳《す》き、次のコードを、その次のコードを手《て》探《さぐ》りする。唇《くちびる》が歌を――新しい歌を求めて虚空を食《は》む。妄想でもいい。キースはたしかにここにいたんだ。この部屋に、僕の隣に。いつも僕を支えて、尻《しり》を蹴《け》って、走り出す力になってくれた。僕しか知らない。彼がここにいた証《あかし》は、僕が作ってきた歌だけだ。今みんな放り捨ててやめてしまったら、キースのいた軌跡までもが消えてしまう。僕はもう二度も彼を喪《うしな》ったのだ。これ以上喪いたくなかった。僕にできるすべてをこの真っ赤なからっぽにぶつけて、声が嗄《か》れるまで歌おう、と思った。そうしていれば、キースは僕の中で燃え続ける。たとえ骨の一本さえも残っていないとしても、歌だけは生き続ける。

§

西武《せいぶ》口から地上に出ると、明治《めいじ》通りを行き交《か》う車のヘッドライトが僕の目を掻《か》きむしった。向かいのディスカウントショップやドラッグストアの照明もやけにちくちくとまぶしかった。排気ガスと生ゴミと熱されたアスファルトのにおいが僕を押し包む。

懐かしい、池袋《いけぶくろ》の夜のにおい。

なにひとつ親しめるところなどないはずの空気に、ほっとしてしまう自分が不思議だった。逃げ込んだだけの場所なのに、今ではここが僕の住んでいる街だという気がしている。西武《せいぶ》デパートのウィンドウに沿って歩道を歩けば、道端でギターやキーボードを抱《かか》えた顔見知りの連中がみんな僕に手を振ってくる。僕も固い表情で前を向いて歩を進めながら小さく手を振り返す。どこにも行けない。他に行くところがない。みんな池袋に吹き溜《だ》まって、煤《すす》だらけの夜空を見上げて歌っている。ロータリーを渡り、ビックカメラの前を過ぎ、いつもの五叉路《ごさろ》の広場にたどり着く。パフォーマーの姿はない。若いパキスタン人がアクセサリの露店《ろてん》を広げているだけだ。

僕は植え込みを囲む低い柵に腰掛け、ギターを取りだして肩に掛ける。何人かが立ち止まって僕の名前を口にするけれど、顔を上げられない。チューニングする手も震えている。ミニアンプから流れ出るじりじりしたノイズが僕の腹の底の熱をまた思い出させる。爪弾《つまび》き、アルペジオの音の一粒一粒が飛び散っていく先を見送り、それが世界中の空につながっていることを想う。かつてキースだった灰が今も漂っているかもしれないカリフォルニアの空にも。

それから、そっと歌をのせる。

まだ鉛筆のにおいの残る生まれたての新しい歌。僕がはじめてひとりで書いた歌。

キースは言っていた。今までの曲を書いたのはみんなおまえだ、おまえは最初からひとりでやれていた、と。その言葉を呑《の》み込みたくなかった。あの下品で口やかましくて粗暴で皮肉っぽくてシニカルで自信たっぷりでだれよりもロックを愛していた男を、否定したくなかった。きみはここにいたんだよ。僕と一緒《いっしょ》にいたんだ。世界中で僕しか知らないとしても、たしかに存在していたんだ。そうでなければこんなにうつろな気持ちにはならない。いま僕の歌声がいっぱいに響いている愛《いと》しいからっぽが、きみのいた証《あかし》だ。僕はこれを抱えて、この先も歌い続けよう。ほんとうはきみのものかどうかもよくわからないギターを引きずって。

アンプの電池が寿命《じゆみよう》を迎え、甘くてチープな音は途切れ途切れになる。やがて僕の歌を支えてくれるのは、ＥＳ‐３３５がその身を削って吐《は》き出すアンプラグドの乾いた音だけになる。からからの喉《のど》の奥で、声が途切れる。指も最後の和音をやっと弾き終えたところで動かなくなってしまう。拍手する人たちの姿も、にじんでよく見えない。

そのとき僕は、隣にかすかなあたたかさを感じる。

ふと横を見ると、明るい色のパーカーの肩が、赤みがかった柔らかな髪が、茶色いサングラスの奥の深い星空みたいな瞳《ひとみ》が、すぐそこにある。

ミウだ。

いつから隣に座っていたんだろう。

いつから――そんな目で僕を見ていたんだろう？

彼女がサングラスを外した。まっすぐな視線を受け止められなくて僕がうつむきかけたとき、ミウが言った。

「……だれか、いなくなったの？」

僕は呆然《ぼうぜん》となって彼女の口元を見つめた。ミウは少し恥《は》ずかしそうに髪を揺《ゆ》らした。

「ふと、そんな気がしただけ。……なんだか、ハルは……」

言葉の先が出口を求めて、どんよりした夜の空気の中をさまよう。

「ハルの歌なのに、他の人のためにずっと歌ってる。そんな気がしてた」

「……ずっと？」

「今までずっと」

僕はギターのf字孔《こう》からのぞく闇《やみ》に目を落とした。

「その人がいなくなったの？」とミウが訊《たず》ねた。

うなずいた。たぶん、うなずけたと思う。

雨粒が僕の手の甲《こう》に落ちた。それから真っ赤なボディの上にも、もう一粒。あたたかかった。

雨がこんなに熱いわけがない。それが自分の涙だと気づくのにだいぶかかった。

キース、きみはここにいたんだ。ミウだけは気づいてくれた。たしかにここにいたんだよ。

答えの代わりに涙がぱたぱたとＥＳ‐３３５のピックアップを、ブリッジと弦《げん》を、止めどなく濡《ぬ》らしていく。

ミウはそれ以上なにも言わなかった。僕の膝《ひざ》からギターを取り上げただけだった。パーカーの袖で指板の涙をぬぐい、黙《だま》って弾き始める。たぶんバッハのチェロ組曲のどれかだと思う。

僕の背中を車のエンジン音が掻《か》き削っていく。むき出しになった僕の心の空虚に、ミウの優しく囁《ささや》くようなギターが直接響く。だから僕はこらえるのをあきらめて、涙が流れるにまかせた。思えば、キースが死んでからはじめての涙だった。油臭《くさ》い風に散って、タイヤに轢《ひ》き潰《つぶ》されて消えていく。残るのは歌だけだ。それは消えたりしない。街の灯《あかり》に、人の肌に、古いニス塗りの木の肌に染み込んで、いつまでも燃え続ける。アディオス。僕はようやくキースに別れの言葉を返せる。胸のずっと奥の奥で、声にならない声で。これから先ひとりで歩いていけるかどうかわからないけれど、きみのいないこの池袋《いけぶくろ》で、僕は歌をつくり続けるよ。

どこかでだれかが笑った気がした。口笛も聞こえてきた。怒鳴り声も、猫の足音も、腐った水音さえも。コンクリートの継ぎ目から、錆《さ》びた排気口から、道行く人々のイヤフォンや靴底から。そんなどうしようもなく猥雑《わいざつ》でいとおしい現実の夜の中で、僕はミウのギターに耳を澄ませ、涙がかわくのをじっと待っていた。

空飛ぶ最終列車

East Ikebukuro
Stray Cats

池袋《いけぶくろ》駅東口を出てすぐのところに、大きな手のひらが母子を包み込んでいる不思議な形のブロンズ像があり、その足下《あしもと》に、ぼろぼろになった一冊の分厚いノートが置かれている。表紙にはなにも書かれていない。ただ、左肩に小さな穴があけられ、ビニル紐《ひも》で青インクのボールペンがつながれているだけだ。

だれがそこに最初にノートを置いたのか、だれがそのノートのことを《ボス》と呼び始めたのか——知る者はいない。

しかしともかく、池袋のぬかるんだ薄闇《うすやみ》に毎夜もぞもぞと集まる人々は、みんなわかっている。この街のボスはヤクザでもチーマーでも警官でも西武《せいぶ》グループでもなく、その小汚いノートなのだ。その証拠に、ノートは悪意と無責任が吹き溜《だ》まる都会の道ばたに放置されているというのに、だれも持ち去ったり落書きをしたり汚したりしない。通りすがりに会釈《えしゃく》する者もいる。たまに冗談でサントリーの缶コーヒーをお供えするやつもいる。

ノートを開くと、青インクでびっしりと書き込まれた日付や時間が目に入る。「ドコモ前」「ユニクロ前」「ISP」といった場所も書き添えられ、その後ろに名前が記されている。筆跡も、字の大きさも、インクのかすれ具合も、様々だ。演奏予定の曲名を書くやつもいる。忘れ物を預かってますの連絡も時折書かれている。湿気でふくれあがったノートの厚みのおよそ三分の一は、そんな青く滲《にじ》んだ僕らの歴史で埋まっている。

§

《ボス》の使い方を僕に教えてくれたのは、玲司《れいじ》さんだった。

「場所取りは基本的に早いもん勝ちだ。演《や》りたい時間にだれか入ってたら他の場所にするか、おとなしくあきらめろ。だれが決めたか知らないが、一週間前から予定を入れられるってことになってる。予定入れたのになんかあって来られなくなったらそう書き込めよ」

玲司さんは古着屋でアルバイトしながらしょっちゅう路上でライヴをやっている二十五歳のおにいさんで、ガタイがよくて目つきが凶暴そうで実際に悪い友達もたくさんいるのでこの界《かい》隈《わい》のボスなのだと勝手に思っていた。それを玲司さんに話したら、俺じゃねえよ馬鹿《ばか》、と言って《ボス》ノートのところに連れていってくれたのだ。

ストリートミュージシャンたちは思い思いに駅前へやってきて、疲れ果てるまで歌う。人通りの多い好スポットは限られており、場所の奪《うば》い合いになることもある。けれどここ東池袋《ひがしいけぶくろ》では《ボス》がすべてを取り仕切っているので、トラブルは起きない。

もちろん《ボス》はただの紙とインクの塊に過ぎない。平和を維持しているのは歌い手それぞれの良心だ。けれどみんな、ある種の誇りの預け先として、ノートに礼を尽《つ》くし、敬意を払う。国旗のようなものかもしれない。

「すみません。こんなノートあったなんて全然知りませんでした」

知らずに勝手に何度も演奏してしまっていたのだ。けれど玲司《れいじ》さんは恐縮する僕の肩をどやしつける。

「べつにいいんだよ。法律で決まってるわけじゃねえ。知らないで演《や》ってるやつだってけっこういるし、書き込みがないからって文句つけるわけでもねえ」

「でも……」

「それに、来たばっかりのおまえは、なんかこう——危なかったからな。ボスのことは教えたくなかった」

危なかった、というのがどういうことなのか、そのときは詳《くわ》しく訊《き》けなかった。玲司さんはかがみ込んでノートの書き込みの末尾に来週の予定を記入し、立ち上がってギターケースを肩に掛け直すと東口の階段の雑踏《ざっとう》に消えていった。

僕は母子ブロンズ像から離れ、喫煙所そばのガードレールに腰を下ろした。もう二十一時を回っていたけれど、夜は地上のとげとげしい光に押しひしがれ、西武《せいぶ》デパートの屋上あたりにわだかまっているばかりだった。目の前の歩道を行き交《か》う人も、背中のバスロータリーを巡る車も多すぎて、僕を取り巻く無数の足音もエンジン音も息づかいも話し声もごちゃ混ぜになって濁《にご》り、まるで現実感がなかった。七月の宵《よい》のアスファルトから滲《にじ》み出てくる昼間の暑さの余韻《いんよ》も皮膚《ひふ》に直接届いてこない。肩に食い込むギターケースのストラップだけが、僕の触れられるささやかなリアルだった。

高校に入学してから、ほとんど登校しないまま一学期が終わろうとしている。逃げ出して迷い込んだこの池袋《いけぶくろ》の道ばたで、僕は十五歳の夏を迎えた。玲司さんの言っていた『危なかった』というのはたぶん、このことだ。僕はまだ逃げている途中であって、この街に受け入れられたわけじゃないのだ。

このギターが——キースが、僕をストリートに引きずり出して、歌うことを教えてくれた。もうあいつはいない。歌だけを残して消えてしまった。そのおかげで——と考えるといつも胸の痛みをおぼえるのだけれど——僕は少しだけ、自分の足で歩けるようになった。

部屋を出て、埼京《さいきょう》線に揺《ゆ》られ、池袋にやってきて路上で歌う。キースがいた頃と同じ繰り返しの日々を、今は自分の意志で続けている。

でもそれは、逃げ込む先が変わっただけのことじゃないだろうか。

だって、池袋駅前の雑踏の中にうちの高校の制服を見つけると、僕はきまって顔をそむけ、ギターケースの陰に身を隠し、ストラップに爪を立て、息を詰めて自分の鼓動《こどう》だけを数える。他になにも耳に入らなくなる。

どうしておまえはこんなところにいるんだ？　と問いかけられるのが怖かった。なにも答えられない。ここは僕の巣じゃない。転がり込んで軒《のき》を借りているだけだ。

§

「——ハル！」

僕を呼ぶ声に、我に返る。たばこの煙と排気ガスの入り混じった粘《ねば》っこい夜風が僕の頰《ほほ》をざらりと舐《な》める。顔を上げると、目の前に小さな人影が立っている。パーカーのフードと裾《すそ》が風を孕《はら》んで持ち上がる。琥珀《こはく》色のサングラス越しでも見つめられるとどきりとするくらい存在感の強い眼《め》。

「なにしてるの、こんなとこで。ギター背負ってぼけっとして」

ミウだった。英字新聞柄のTシャツとデニムのホットパンツの上にパーカーというなりをしていて、シルエットだけなら男子小学生みたいだけれど、女の子でしかも僕より二つも歳上《としうえ》の十七歳だ。フードで髪を隠しているせいで余計に性別がよくわからなくなっている。このフードはちょうど猫の耳みたいに三角形の隆起が左右にあって、それでついたあだ名が《ミウ》。本名は僕を含めて数人しか知らない。

「演《や》るならさっさと演りなよ。ほら早く」

ミウはガードレールの僕の隣に腰掛けて両脚をぶらぶらさせながら言う。

「いや、ごめんミウ。……今日はなんかそんな気分じゃなくて」

「なに言ってんの？　じゃあなんでギター持ってきてるの？　ばかじゃないの？　早く準備して。みんな待ってるでしょ」

そうまくしたてられ、僕は首をすくめる。みんな？　と首を巡らせると、いつの間にか喫煙所のまわりには若い男女が集まって人垣《ひとがき》をつくっていた。

「ハル、今日はここで演るの？」

「迷惑じゃない？」

「階段の裏っ側に移ろうよ」

「今日はなんか新曲あるの？」

期待の視線に、僕は目を伏せてしまう。本来の目的で喫煙所に集まっているおじさんたちがたばこ片手に邪魔《じゃま》くさそうな目を僕らに向けてくる。しかたなくガードレールから降りた。地下への階段そばまで来ると、ギターケースを開く。

真っ赤な塗装のギブソン・ES‐335は、ほの明るい炎に包まれているように見える。幅広のボディには二つのf字孔《こう》が刻まれ、まるでヴァイオリンを扁平《へんぺい》に圧《お》し潰《つぶ》したような形だ。ストリートでこんなギターを使っているやつは知っている限りでは僕しかいない。だいたい、エレクトリックギターは路上演奏に向いていない。

でも、僕をここに連れてきたのはこの赤くて重たくて偏屈で電気食いのES－335なのだ。聴衆にも、ハルという名前よりもこの楽器の異様さの方で憶えられているだろう。

電池式のミニアンプを腰に引っかけてシールドコードを突き刺す。チューニングしている間も立ち止まる人が増えていく。ミウは少し離れたところのガードレールにまた腰掛けてパーカーの紐《ひも》の先をいじりながら僕の手元を見つめている。そのせいで細かいチューニングが定まらない。

「……なにかリクエストある？」

僕はミウに訊《き》いてみた。彼女は少し首を傾《かし》げてから答えた。

「ジョン・デンヴァー」

いやがらせなのか、と僕は少し思った。ジョン・デンヴァーの歌なんて（たいていの日本人はそうだろうけれど）一曲しか知らないし、家から逃げ出してさまよっている途中の僕にとっては故郷を想う歌はとてもつらい。

けれど僕はギターのトーンを絞《しぼ》り、甘く鈍《にぶ》く変わった音を確かめ、それから憶えたてのスリーフィンガーで爪弾《つまび》き始める。

まるで天国みたいなウェスト・ヴァージニア、ブルーリッジの山々、シェナンドー川、そこでの暮らしは樹々よりも古く、山々よりも若く、そよ風のよう……

自分の唇《くちびる》からこぼれる歌が、埃《ほこり》を洗い落とし、青い海に向かって流れていく。もう硬くなってしまった指先の皮膚《ひふ》に返ってくる弦《げん》の痛みが、僕のリアルを覆っていた殻をひとかけらずつ剝《は》がしていく。あいかわらず、ほんとうの空気を呼吸できるのは歌っている間だけだ。足の下にたしかな大地を、血管の中にほんものの血を感じられるのは、こうして音楽に身を任せているときだけなのだ。

だから、歌い終え、膝《ひざ》の上でギターを寝かせ、汗をぬぐい、拍手する人々に目を細めていると、また熱が引いて空々しさが僕の肌を塗りつぶしていく。僕はどこにも帰れないままずっと逃げ回り続けるのかもしれない、と思う。

このストリートで歌い始めて、そろそろ二ヶ月になる。どうしてか、僕は池袋《いけぶくろ》の耳の肥《こ》えた連中にいくらか受け入れられることになった。真っ赤なＥＳ‐３３５が珍しかったのと、最初のうちオリジナル曲を毎日のように作っていったせいで目立ったからじゃないかと思う。自分の音楽に拍手がもらえるということが、いまだに吞《の》み込めていない。他人の人生にふらっと迷い込んだみたいに思える。

「……36点」

ミウがぼそりとつぶやき、僕を数センチだけ現実の方に引き戻した。僕は肩を落として彼女を見た。

「先週より6点高いのはなんでなの」

「チューニングが合ってた」

それだけかよ。あいかわらず厳しいな。

「ミウに12点つけられて落ち込んで来なくなっちゃったやつとかいたよね」と、聴衆の中のだれかが笑って言う。

「ほんとに駄目《だめ》なやつには点数つけないのにな」

「ていうかそもそも聴きに来ないし」

「ハルのは毎回聴きに来てるよね」

「ちっ、ちがう。たまたま！」

ミウはむきになって反論し、パーカーの裾《すそ》でガードレールを不機嫌《ふきげん》そうに何度も叩《たた》いた。

「ハルはあんまりにも下手《へた》くそで、あと空気読めないし、逃げ足遅いから警察来たら補導されるし、危なっかしいから！」

「ご迷惑おかけしてます……」と僕は恐縮する。

ふと、ミウが頭をびくっと持ち上げた、落ちそうになったフードをあわてて押さえる。僕も聞こえてきたやかましいビートに気づいて、明治《めいじ》通りの先を見やる。車体の左右をライトアップした白いトラックが渋滞《じゅうたい》の中をのろのろとやってくる。側面の巨大な広告が見えるようになるくらいまで近づいたとき、ミウはガードレールから飛び降りてパーカーの前をかき寄せ、顔を隠した。

ＣＤの宣伝カーだった。発売中のシングル曲を流しながら都心を巡回している、あれだ。車体いっぱいに引き延ばされてプリントされた女性の横顔。無機質で未来的な服装と化粧のせいで、その美しさはどこか鉱物のようだ。

『小峰由羽《こみねゆう》　NEW　SINGLE　NOW　ON　SALE』

そんな文字の並びが僕らの背中側を走りすぎていく。僕はそちらを見ないように、ミウの顔と見比べたりしないように、時間をかけてギターを調律しなおす。

いま僕のすぐ横にいてフードとサングラスの陰で神経を逆立てている野良猫《のら》みたいな女の子があの小峰由羽だということを、いまだに僕は信じられない。歌う声と喋《しゃべ》っている声がほんとうにまったくちがう。鉄にさえ染み込みそうなほど濃く深いアルトの声がせわしないリズムに乗ってグリーン大通りをサンシャイン60の方へと遠ざかっていく。

やがてシングル曲が車の音に潰《つぶ》されてすっかり聞こえなくなってしまうと、ミウは息をついて襟《えり》を直し、またガードレールに腰を下ろす。

小峰由羽は、デビューアルバムから二連続でミリオンセラーを叩《たた》き出したシンガーソングライターだ。去年くらいまではテレビでの露出《ろしゅつ》も多かったから、いくら男の子みたいなかっこうをしていても気づく人は気づくだろう。げんに、僕は気づいてしまったうちの一人だ。それでもみんなミウを守るために黙《だま》っている。なぜ夜な夜なこんな路上でアマチュアの演奏を聴いて回っているのかもだれも知らない。詮索する人もいない。この街はかさかさに乾いていて埃《ほこり》っぽくて脂臭《あぶらくさ》いけれど、とても優しい街だ。

そのせいで、僕もまだ逃げ込んだままでいる。

§

池袋《いけぶくろ》には、ストリートミュージシャンの演奏スポットがいくつもある。《ボス》が管理しているのはそのうちの東口近辺の四つだ。

最も駅に近いのが『西武前《せいぶ》』。駅ビルである西武デパート沿いの歩道だ。人通りもいちばん多い。そのぶん歩道の幅に余裕がなく、また交番がすぐ目の前にあるので、警察の目も厳しい。このスポットは外国人パフォーマーが多い。バケツに布や針金を張ったものですさまじいドラミングを聴かせるオーストラリア人、左手でキーボードを弾きながら右手だけでトランペットを吹くイタリア人、ヴァイオリンで人間の話し声やアヒルの鳴き声を出すアフリカ系アメリカ人、と多芸な人々が集まる。

東口正面の横断歩道を渡ったところ、ロータリーの真ん中に浮いている島には、池袋ショッピングパークという地下商店街に下りる階段口があって、だからこの階段脇《わき》の演奏スポットは『ＩＳＰ』と呼ばれていた。ドラムセットまで持ち込んで本格的にバンド演奏する人がよく使っている場所だ。

駅から離れてグリーン大通りを進んでいくと、東口五叉路《ごさろ》という大きな交差点に出る。この右岸が『ユニクロ前』、そして左岸が一番の人気スポットである『ドコモ前』だ。ドコモ前は交差点に面した歩道の一角が大きな街路樹を中心としてちょっとした公園のような空間になっていて、多いときは三組くらいのストリートミュージシャンがそれぞれ演奏している。大道芸人も多い。僕もはじめて演奏したのはドコモ前の木陰だった。

なんべんも駅前に足を運んでいると、ほんの数十メートルしか離れていない場所なのに、夜がやってくる時間にずれがあることに気づく。西武デパートの向こうに陽《ひ》が落ちると、線路沿いの歩道がまず薄闇《うすやみ》に呑《の》まれ、ロータリーがあっという間に浸《ひた》され、通りを伝って五叉路の先へと広がっていく。浜の砂を静かに噛《か》むさざ波のように。夜とは大地自体が投げかける巨大な影のことだ、となにかの小説に書いてあったけれど、ドコモ前で黄昏《たそがれ》を待ちながらギターを掻《か》き鳴らしていた僕は、ようやくその表現を実感することができた。部屋に閉じこもっていたら生涯わからなかっただろう。

玲司《れいじ》さんは『ウルトラ・フルメタル・ジャケット』という二人組ユニットのギタリスト兼メインヴォーカルだ。この無意味に勇ましいデュオ名は、池袋駅東口の向かい側にある三菱東《みつびしとう》京《きょう》ＵＦＪ銀行の前でコンビを結成したときに相方の淳吾《じゅんご》さんが「ＵＦＪってなんの略なの？」と訊《き》いて玲司さんがとっさに返したでっち上げの答えに由来する。したがって正式名称で呼ぶ人はほとんどおらず、みんなUFJと呼ぶ。

池袋《いけぶくろ》の路上でおそらくいちばん人気のあるミュージシャンで、ライヴをやる予定の日は早くからドコモ前に待ち客が現れる。どうしてみんなライヴの日時と場所を把握しているのかというと、聴き手も《ボス》をチェックしているのだ。

「ネット使えばいいんじゃないかと思うんですけど」

母子像前で《ボス》に目を通している顔見知りの常連オーディエンスのおにいさんにそう言ってみたこともある。

「どっかのSNSに池袋の路上ライヴのコミュニティ作ってそこにスケジュールを書き込めば、みんないちいちここまで来てノート確認しなくても済むし……」

「馬鹿《ばか》、それじゃつまんないだろ」と彼は笑った。「これがいつも置いてあるからいいんじゃないか。それに、ネットにつなげない人だっていっぱいいる」

たしかに彼の言う通りだった。楽器さえも持っていないパフォーマーもたくさんいる。それに、ノートを実際に見なければいけないということは池袋にしょっちゅう来る理由付けになる。《ボス》が客を増やしている面はあると思う。路上ライヴという限りなく刹那《せつな》的な愉《たの》しみには、ネットはふさわしくないのかもしれない。人は、いつでも手に入れることができるものにはいつまでたっても手を伸ばさないものだ。

僕もいつの間にか、池袋に来るたびに《ボス》で玲司《れいじ》さんたちUFJのライヴスケジュールを確認するようになってしまった。ちょっとでも開始時間に遅れると、ドコモ前の広場には人だかりができていて演奏者の姿はまったく見えない。ただ、人いきれの向こうから鋭《するど》いリズムとけれん味たっぷりのギターリフが聞こえてくる。グルーヴに煽《あお》られて人垣《ひとがき》が揺《ゆ》れている。僕は重たいギターケースのストラップを肩に掛け直し、いったん車道に出て外側から回り込んで広場に近づいた。

二人の後ろ姿が見えた。

玲司さんの黒いTシャツの背中で骸骨《がいこつ》柄がリズムに合わせて小刻みに揺れている。骨を直接搔《か》き削られるような荒々しいギターストローク。つぶやく祈りの歌は行き交《か》う車の排気音にもまぎれることなく、僕らの胸に押し寄せてくる。淳吾《じゅんご》さんはタンクトップ一枚でむきだしの肩に汗を光らせながらカホンの腹を掌《てのひら》の底で刻んでいる。ただの四角い木箱にしか見えないこの楽器は、ドラムセットに匹敵する色とりどりの音を内に秘め、叩《たた》く位置とニュアンスのわずかなちがいを受け取ってそれを自在に吐《は》き出す。淳吾さんの手の動きは雨乞《あまご》いの踊りを思わせ、見つめているとここがコンクリートに囲まれた東京の街だということを忘れそうになる。魔法みたい——という言葉しか思いつかない。玲司さんのラップともウィスパーともつかない歌声の上に淳吾さんのハイトーンが何度も突き刺さる。

手を挙げ、手を打ち、髪を振り乱す人々をぼんやり見渡しながら思う。

いつか僕もこの景色の前に立てるだろうか。自分の身ひとつで。孤独も怯《おび》えも深紅《しんく》のギター

の中の空っぽに押し込んで、顔を上げて、勇気を絞《しぼ》り出して、真正面から歌をぶつけてやれるだろうか。

西口公園のライヴを思い出す。玲司《れいじ》さんと淳吾《じゅんご》さん、そしてキースの支えのおかげで、僕はステージに立てた。いつか、自分ひとりで。

今はまだ無理だ。どうしてもうつむいてしまう。


立て続けに五曲演《や》った後で、玲司さんがギターを肩から下ろしてぶっきらぼうに言った。

「休憩《きゅうけい》。おまえらいったん解散しとけ」

集まったファンの女の子たちからは不満そうな声があがるが、玲司さんはまるっきり無視してペットボトルの水を飲み、ギターのネックを拭《ふ》き始めた。淳吾さんは相方の五十倍くらい愛想が良い人で、よく日焼けしている上にタオルを頭巾《ずきん》代わりにして髪をまとめているせいで威勢の良い八百屋《やおや》みたいに見える。実際、自主制作のCDを実に調子のいい口上でもってどんどん売りさばいてる姿は見事な商売人ぶりだ。

「あれ？　ハル、いたの？」

淳吾さんが振り向いて僕に気づいた。僕はまだ五曲ぶんの熱の余韻《よいん》で動けずにいて、車道側に一段下りたところで立ち尽《つ》くしていたのだ。

「そんなところに突っ立ってッと轢《ひ》き殺されるぞ」と玲司《れいじ》さんが言った。僕はあわてて二人のそばに寄っていった。

「ハル、今日はここで演《や》ンの？」と淳吾《じゅんご》さんが僕の顔をのぞき込んでくる。まわりの女の子たちも僕や背中のギターケースをちらちら見てなにかささやき合っている。僕は首をすくめて答えた。

「演らないです。淳吾さんたちの後で演れるわけないですよ」

「なんで。俺ら疲れたから、集まってる客そのままさらっちゃったら？」

僕はぶんぶん首を振った。そんなことできるわけがない。

「なんでノートに書き込まねえんだよ。使い方教えただろ」

玲司さんが険しい顔で言う。

「すみません。なんか、ああいうのがあるって知ったら、僕なんかが演っていいのかなって思って……。僕が演ってるとき、その場所で他の人ができないわけですよね」

「そんなん当たり前だろうが。そのためにボスがあるんだよ」

そう、当たり前のことだ。ノートがあろうとなかろうと。自分でも言っていて意味不明で恥《は》ずかしかった。

「とりあえずギター下ろせよ。背負ったまま突っ立ってると馬鹿《ばか》みてえだ」と玲司さん。

「あ、は、はい」

「ちっと弾かせろ。おまえはどうでもいいけど、そのES‐335はいいやつだからたまに弾きたくなる」

玲司さんがそう言うので、僕はケースを開いてギターを渡し、ミニアンプにつないだ。玲司さんはエレクトリックギターの腕も大したもので、スティーヴィ・レイ・ヴォーンばりのブルースを涼しい顔で聴かせてくれる。ひとしきりフレーズを展開して遊んだ後で、玲司さんはギターを僕に突っ返してくる。

「憶えたか？」

「え？」

「今の憶えたか」

「い、いや、最初の方のカッティングだけなら」

「それでいい。演るぞ」と彼は自分のマーティンを取り上げ、ボディをこつこつと拳《こぶし》で叩《たた》いてリズムをとり、歯切れ良く掻《か》き鳴らし始める。淳吾さんが笑ってカホンに座り直し、気だるいビートを玲司さんのギターの下にそっと潜り込ませる。僕はしばらく真っ赤なギターを抱《かか》えて目を白黒させていたけれど、玲司さんに足を踏《ふ》んづけられ、あわててストラップを肩に掛けてピックを握った。

玲司さんの刻むコードに乗せて、そっと風に綿毛をばらまくように、ひとつ、またひとつ、思い出しながらフレーズをつなぐ。安っぽいアンプに通したES‐335の音は、乾いてかちかちに固まったカラメルみたいに甘くて苦い。指先の傷に染み込んで、そのままギターの指板と融《と》け合ってしまいそうだ。どこかで聴いた古い歌。馬車の荷台で見送った血の色の夕陽《ゆうひ》。白塗りの杭《くい》と煉瓦《れんが》の隙間《すきま》に咲く小さな花。不思議なイメージが涌《わ》き起こっては流れ落ちて消えていく。遠い遠い海の向こうで生まれて死んだだれかの記憶かもしれない。

三人の音に浸《ひた》っていたせいで、しばらく拍手に気づかなかった。はっとして顔を上げると、ドコモ前広場にたまっていた人の数はさっきの倍くらいに増えていた。UFJのファンの女の子たちだけじゃない。通りすがりのサラリーマンも、出勤前のキャバ嬢も、ロッテリアの袋をぶらさげた高校生たちもいる。僕はびっくりして顔を伏せてしまう。

「ハルはなんで注目浴びるとびびっちゃうのかねえ」

淳吾《じゅんご》さんが面白がっている声で言う。

「そんな派手なギター使ってる時点ですでに目立ってしょうがないのに」

「アホなんだろ」と玲司《れいじ》さんが素っ気なく言った。それから僕を小突く。「もっと色々聴いて手癖《てぐせ》増やせ。まだ全然使えてねえよ」

僕は首をすくめてシールドコードを引っこ抜き、ギターをケースに戻した。

片付けを終えてふと顔を上げると、小さなスニーカーをはいた細い両脚が目に入った。いつの間にいたのだろう、すぐ目の前の植え込みの縁石にミウが腰を下ろしていて、茶色のサングラスをちょっとずり下げて僕をじっと見た。

「……42点」

僕はくたびれた笑いしか返せない。

ケースを閉じる前に、ギターの華《はな》やかな赤みに目を落とす。

これが扉を叩《たた》き壊して僕を部屋から引きずり出してストリートに連れてきたのだ。どれだけ場違いに燃え続ける炎だとしても、使い続けるしかない。その物語は、たぶんだれも信じてくれないはずで、だからまだだれにも話していない。

僕の傷、僕と僕自身の約束。


その夜の終電間際、西武《せいぶ》デパートのシャッター前で缶コーヒーを飲みながら、ヴァイオリニストのアレンさんや鍵盤ハーモニカ奏者のラフェットさんの話を聞いていると、近づいてくるヒールの足音が聞こえた。

顔を上げると、人気《ひとけ》のなくなった暗い歩道に、パンツスーツ姿のＯＬ風の女性が立っていた。二十四、五歳だろうか、スーツの着こなし方にどことなく女子大生の雰囲気《ふんいき》が残っている。髪はこざっぱりと短くまとめ、形の良い耳を見せていた。

たぶんいかつい黒人のアレンさんにじろっと見られて驚いたのだろう、彼女はかすかに目を見開いて一歩後ずさった。

「今日はもう店じまいヨ」とアレンさんは精一杯の愛想を浮かべて言った。

「あ、あの……」

その女性は僕ら三人を見比べた後で、当然といえば当然だが、いちばん怖くない僕に話しかけることを決めたようだった。

「このあたりで、路上で……よく演《や》ってる人、ですよね？」

彼女の落ち着きのない視線が僕らのギターケースやヴァイオリンケースの間をさまよう。

「……はあ。たまに、ですけど」

「あの、それで、他の演ってる人たちともこうやって知り合いなんですか」

アレンさんとラフェットさんは顔を見合わせた。

「よく来てるやつとなら顔見知りヨ」

「喋《しゃべ》ったことあるやつはあんまりいない」

「サウンドは知ってる」

「そう、演ってる音楽は知ってる」

二人が答えてくれたので僕はうなずくだけにした。

「そう、……ですか……」

彼女はハンドバッグに爪を立てて、思い詰めた顔で押し黙《だま》ってしまう。僕はふと思いついて訊《き》いてみた。

「だれか捜《さが》してるんですか？」

驚きが彼女の顔に広がっていく。しばらく答えはなかったけれど、やがてハンドバッグを胸に押し当てて二度うなずいた。

彼女は長谷川香奈《はせがわかな》と名乗った。彼氏の名前は寺谷《てらや》アツシ。ミュージシャン志望のフリーターで、よく池袋《いけぶくろ》の路上で弾き語りをしていると香奈さんに話していたらしい。

「てらや……アツシ？　わかんねえな」

電話で呼んだ玲司《れいじ》さんは香奈さんの話を聞いて首を振った。

「名前なんてあんま気にしてねえし、本名使ってるとも限らねえし。写真とかは？」

香奈さんは携帯のフォトフォルダに入った画像を見せてくれた。どこかの遊園地だろうか、大がかりな遊具を背にして二人が並んでVサインをつくっている。右の女性が香奈さん。目の前の実物よりだいぶ若く見えるのは服装がカジュアルなせいか、それとも昔の写真なのだろうか。左は大学生くらいの背の高い男だ。無根拠に自信たっぷりの笑顔《えがお》。僕の記憶にはない顔だった。

「あー、……見たことあるな」

玲司さんが言った。香奈さんがはっとして玲司さんに詰め寄る。

「ほんとですか？　やっぱりこのへんで演《や》ってたんですね？　最後に見かけたのっていつ頃なんですかっ？」

「おい落ち着け、うるせえよ。そこまで憶えてねえ」

「この人、ドコモの前でよく演ってたね」とアレンさんが携帯を指さして言う。「たしかにアツシって呼ばれてた気がする」

「そうなんですか、あの、他にも知ってる人いませんか」

「なんで捜《さが》してンだ。消えたのか」

玲司《れいじ》さんがストレートに訊《たず》ねると、香奈《かな》さんは顔を曇《くも》らせてうなずく。

「……一緒《いっしょ》に住んでたんです。先月の終わりくらいに、出てったきり」

「警察行けよ」と玲司さんは車道を挟《はさ》んで向かい側の交番をあごでしゃくる。

「警察にはもう話しました。でも、あっくんから最後に届いたメールのことを話したら、それじゃ捜せないって言われて」

部屋を出ていってすぐに携帯にメールがあり、『このままヒモになるわけにはいかないから出ていく』というようなことが書かれていたらしい。それはたしかに警察が動くわけがない。ただの別れ話じゃないか。

香奈さんは歩道の真ん中にしゃがみ込んで、腕に顔を埋《うず》める。

「あっくん全然なんにも話してくれなくて、いきなり出ていって、電話も通じなくて……」

「最近見ないね、あいつは」とアレンさんが言って、ラフェットさんが肩をすくめる。

香奈さんは顔を上げた。目が潤《うる》んでいる。

「いつ頃来てたんですか？」

「……先月かなあ」

「今月入ってから見てないかなあ」

「そう……ですか……」

力のないつぶやきが歩道のタイルに落ちる。ガードレールの向こうをタクシーが通り過ぎ、声を轢《ひ》き潰《つぶ》していった。

「ひどい。ひどいよ、あっくん。……話もしないでいきなり……どこ行ったの……」

香奈さんはそのまま動かなくなってしまう。

玲司さんが口を開きかける。たぶん、なにか辛辣《しんらつ》なことを言おうとしたのだろう。ストリートはべつに保護施設じゃないとか、自分で出ていったんだから捜しても無駄《むだ》だろうとか、そんなことだ。

僕は遮って口を挟《はさ》んだ。

「あのう、《ボス》を見れば最後に池袋《いけぶくろ》に来た日がわかるんじゃないですか」

香奈さんが顔を上げ、玲司さんが僕をにらみ、視線が集まって僕は声を詰まらせる。

「あ、あの、すみません、ちょっと思いついただけで」

玲司《れいじ》さんはうずくまったままの香奈《かな》さんの腕をつかんで強引に立たせると、歩道の先、東口の方を親指で示した。

ノートのスケジュール書き込みを遡《さかのぼ》っていくと、アツシ、という名前はすぐに見つかった。

『6／29 2：30 UniKLO』

六月二十九日。たしかに先月の終わりだ。

「ユニクロで演《や》ったのが最後だな」

「そっ、そのときに、だれか話した人いませんか？ 見かけただけでも」

香奈さんは必死な顔で食い下がる。

「他の連中に訊《き》いてやってもいいが、期待すンなよ」

「お願いします、明日、明日また来ますから」

僕はノートの端をつかんで、アツシ氏の書き込みをじっと見つめた。街灯の光は僕自身の影に遮られ、暗がりの中で青インクの文字はふと目を離した隙《すき》に闇《やみ》へと溶け出してしまいそうに思えた。玲司さんが訝《いぶか》しげに言った。

「どうした、ハル」

「い、いえ、あの」僕はノートの表面を指でたどり、言おうかどうか迷ってからけっきょく言葉を続けた。「なんか変だなって」

「なにが、ですか」香奈さんがひりひりした声で言う。

「いや、その、二時半って早すぎないかなって」

「それくらいから演ってるやつだっている。夜の二時半かもしれねえし」

「ううん……」

たしかに昼から路上でパフォーマンスする人もいなくはないが、警察に注意される確率が段違いに高いし、それでなくとも昼間は立ち止まって聴いてくれる人が少ないので、たいがい夜がメインステージとなる。かといって夜の二時半じゃ遅すぎる。終電もなくなっている時間じゃないか。あとユニクロの綴《つづ》りが間違っているのもちょっと気になったけれど、細かいことをいちいちうるさいと言われそうだったので黙《だま》っている。

ノートをめくっていくと、アッシという名前がぽつぽつ見つかる。だいたい週に一回、ドコモ前で二十一時から一時間ほど演っている。でも記憶にない。

「その、アッシさんて人、ギタリストですか」

訊《き》いてみると香奈さんはうなずく。

「高校の頃からずっとやってて……メジャーデビューするって息巻いて……」

「どんなギターだ？　顔よりも楽器で憶えてるやつもいる。演ってたジャンルは？」

玲司さんの問いに香奈さんは首を振る。

「よくわかんない。私、全然そういうの興味ないんです。たまに部屋でもなにか弾いて歌ってたけど、英語の知らない曲だったし……」

香奈《かな》さんの声は痛々しいくらい細っていく。

「デビューとか、そんなのどうでもいいのに。ヒモでもよかったのに。いきなり……出てくなんて……」

彼女はまた腕に顔を押しつけて縮《ちぢ》こまってしまう。

でも玲司《れいじ》さんはこんなときでもぞっとするくらい冷淡で、電車の時間を確認してさっさと駅への階段を下りていってしまうのだ。残された僕は香奈さんの背中にたどたどしく慰《なぐさ》めの言葉をかけ、とにかく今日は帰りましょう、もう電車もなくなるし、と繰り返した。


終電で家に帰った。東京と埼玉の境目にある、いつも空気が眠たそうな住宅街のマンションだ。そっと息を殺して玄関の鍵《かぎ》を外し、身を滑《すべ》り込ませてギターを下ろす。廊下は真っ暗だったけれど居間のドアから光が漏《も》れてテレビかなにかの音が聞こえた。

玄関あがってすぐ左手の自室に入ろうとしたとき、居間のドアが開いた。顔を出した父は、なにも言わなかった。ギターケースをじっと見つめただけだった。どんな言葉も無駄《むだ》だとあきらめたのか、待つ以外にできることなどひとつもないと悟ったのか。どちらにせよ、申し訳なさで胸がふさがれる。

父の視線から逃げるように部屋に入り、脱いだ靴下《くつした》を壁に投げてベッドに突っ伏す。汗ばんだ肌にシーツのひんやりとした感触が心地よいけれど、じっと目を閉じていると頬《ほほ》に触れる布地はすぐにぬるくなってしまう。

香奈さんの話をひとつひとつ思い返す。

メジャーデビューを目標に路上ライヴを続ける若者はたくさんいる。玲司さんたちだってそうだ。あれだけの実力があっても運が向かなければチャンスはやってこないのだ。《ボス》のシマにはそんなもどかしく行き場のない熱がこもっている。自分の夢の重みに耐えられなくなった者からストリートを去っていく。

僕はいつまでこんなことを続けるんだろう。

この先どうするかなんて考えたこともなかった。高校にも行かず、親ともまともに向き合わず、小遣いだけのうのうと受け取り、次の逃げ場所、次の逃げ場所、と探しながらギターを背負って這《は》いずり回るのか。

このままじゃいけないのはわかっていた。でも、僕にできるのはヘッドフォンをかぶってオーディオの電源を入れることだけだった。再生ボタンを押すと、バスドラムが僕のまぶたの裏側を打ち、ハイハットシンバルが闇《やみ》に火花を散らす。ギターとバンジョーが意識の隅っこを少しずつ掻《か》き削っていく。

やがてボブ・ディランがマイクに息を吐《は》きかけ、歌い出す。暗い夜道に取り残された少年の声で。家もなく、だれに知られることもなく、転がる石のように……

ロックはなにも教えてくれない。道を示してはくれない。ただ、僕の心をキックするだけだ。何度も、何度も。

§

次の日から、夜の八時くらいになると香奈《かな》さんが東口に現れて、《ボス》の書き込みを確認するようになった。

玲司《れいじ》さんはあちこちの仲間に電話をかけたり話を聞いたりしたそうで、「顔とアッシって名前くらいは憶えてるやつがいたけど、話したことあるやつはいないな」とのことだった。あれだけぶっきらぼうだったくせに、まめに動いてくれる。口の悪さは半《なか》ば照れ隠しで、ほんとうはあきれるくらい他人思いの人なのだ。僕も助けてもらったことがある。

「他の場所で演《や》ってるんじゃないですか。新宿《しんじゅく》とか」と香奈さんに言ってみた。「それか、スタジオとかライヴハウスで演るようになったとか……」

「わからない。でも……もしかしたら、もう音楽やめたのかも」

香奈さんはさみしそうに目を落とした。

「そんなにうまくなかったし。だれにも憶えてもらえなかったってことでしょ。それで池袋《いけぶくろ》に来なくなっちゃった、ってことなんじゃないかな……なんて……」

それでも彼女は毎晩やってきて、書き連ねられた青インクの夢の中に男の名前を探す。缶コーヒー一本分の時間を母子像の前で空費し、バスロータリーの対岸に広がる夜の池袋の雑然とした光の群れを眺《なが》め、それから駅の地下に呑《の》み込まれていく。その萎《しお》れきった背中を見ていると、なんとかアツシさんの消息だけでも見つけてやりたい、という気持ちになる。

「探偵でもねえのになにやってんだおまえは」

玲司さんにはあきれられた。でも気になるのだ。人はいつかストリートを去る。望むものをつかめたとしても、すくい取れずに見失ってしまったとしても。その先にあるものを僕は知りたかった。ストリートからも転げ落ちたアツシさんのたどる道は、いずれ僕の道にもなるかもしれなかった。

僕は香奈さんに頼んでアツシさんの画像をもらい、夜ごとパフォーマーのまわりに群れる客たちに見せて訊《たず》ねて回った。ごくまれに、見たことはあるような気がする、と言う人はいたが、それ以上の成果はなにもなかった。玲司さんが電話だけで一晩で集めた情報を一週間かけて足を棒にして確認しただけだった。

「馬鹿《ばか》なのか。時間の無駄《むだ》だからやめとけ」

玲司さんにはきっぱりとそう言われた。

「それよりハル、おまえそんなでかいギター背負って池袋《いけぶくろ》になにしにきてんだよ。最近全然演《や》ってねえじゃねえか。演る気がないならギター売れ。そのES‐335は前から欲しいと思ってたんだ」

「玲司《れいじ》、ことあるごとにハルのギター狙《ねら》ってるよな」と隣で淳吾《じゅんご》さんが笑う。

「いや、その、演る気がないわけじゃないんですけど」

僕らはそのときISP階段脇《わき》で暑苦しい排気ガス混じりの風を浴びながらアイスを食べていた。休日の宵《よい》の口で、浮ついた足取りの男女が駅前にあふれていた。横断歩道の向こうの東口前を見やると、喫煙所のそばでシンセサイザーの弾き語りをしている若い女の子と、少し離れたデパートのウィンドウ前に座り込んでギターとハーモニカを物憂《ものう》げに鳴らしているおじさんの姿が目についた。車道を一本隔《へだ》てているだけなのに音楽はまったく聞こえないし、顔も記憶にない。毎日百万人単位の乗降客がある都心の駅なのだ。道ばたの歌なんてほとんどだれも気に留めない。通りを一本曲がればすぐに耳からも消えてしまう。

アツシさんも、そんな無関心の泥の中に埋もれていったのだろうか。

§

「……知ってる。何度かドコモ前で演ってたの聴いた」

久しぶりに東口に顔を出したミウにアッシさんの画像を見せてみたらそう言った。僕は意気込んで訊《たず》ねる。

「ほんとに？　いつ頃？　なにか話した？」

ミウは不機嫌《ふきげん》そうに僕をにらんだ。

「話すわけないでしょ。それに下手《へた》くそだったし。せいぜい20点くらい。ハルとおんなじでエレキ使ってたからちょっと憶えてただけ。ＥＬＯ演ってるやつなんて珍しかったし」

「ううん……そうか。……ねえ、ユニクロ前で演ってたのは見かけなかった？　先月の二十九日なんだけど」

僕は《ボス》のページを広げてみせるが、ミウは首を振る。

「知らない。なんでそんなの詮索してるの。それよりハル、最近全然演ってないってほんとうなの？　玲司が怒ってた」

「う、うん……」

人捜《ひとさが》しにつきあっていて忙しくて、と言い訳を口にするとミウはますます機嫌を悪くする。

「ばかじゃないの。なんでそんなことしてんの。知り合いなの？」

「いや、全然——」

僕は口をつぐんだ。パルコの方からやってくる大勢の通行人の中に香奈《かな》さんを見かけたからだ。母子像前の僕らの方に駆《か》け寄ってくると、僕に気づいて足を止めた。

「あ……」

香奈《かな》さんは僕の手にあるノートに目をやり、それから気まずそうに視線をそらした。

「あのっ」

僕はミウの手首をつかんで香奈さんのところに連れていく。

「こいつ、アツシさんのこと憶えてるみたいです」

「ちょっとハル、なにすんの痛い！　やめてよ！」

ミウが僕の手を振りほどいた。さらに憤然と抗議の声を浴びせてきたが、僕はほとんど聞いていなかった。香奈さんが顔をそむけたまま枯れきった笑《え》みを浮かべていたからだ。

「憶えてるっていったって、何度か見かけただけだから」

ミウがぶすっとした顔で香奈さんに言う。

「いつぐらいかもよく憶えてないし。だいぶ前だった。どこ行ったかなんて知らない」

「そう……。うん」と香奈さんは曖昧《あいまい》にうなずく。

「アツシさんの画像、他の人にも配っていいですか？　みんなで捜《さが》せば——」

香奈さんは首を振って僕の言葉を遮る。

「もう……いいよ、ハルくん」

彼女のつぶやきは、かすかに聞こえてくる山手線の発車アナウンスにかき消されそうだ。

「私、毎日来て、……ばかみたい。あっくんは自分から出てったのに、なんか認めたくなくて、それで……ほんと、ばかみたい。もういいよ。もう来ないことにする。忘れて。他のみんなにもありがとうって言っておいてくれる？」

僕は、階段を下っていく彼女の後ろ姿をぼうっと突っ立って見送るしかなかった。ばかみたい。その通りだ。見つかるわけないのに。

「……なにあれ。ハル、あんなののために人捜ししてたわけ？」

ミウがいらだたしげに言う。僕は、とうに香奈さんの背中を呑《の》み込んでしまった階段口を見つめながらつぶやく。

「……ちがうよ。……なんていうか、自分のため。気になったから。いなくなっちゃったその人に、話を聞いてみたかったんだ。うん。……ほんと、ばかみたいだった」

ノートを母子像の下に戻そうとしたとき、不意にミウがそれを引ったくった。びっくりして見上げると、彼女は怒った顔を近づけてくる。

「じゃあ最後まで捜しなよ。ほんとなにやっても中途半端の42点なんだから！」

僕は呆気《あっけ》にとられて目をしばたたく。

「い、いや、でも……もう手がかりなんて」

「ゴローさん」

「……え？」

「ゴローさんと、そのアツシってのが話してるのは見かけたことがある」

僕は目を見開き、青信号が点滅し始めた横断歩道を走り出した。

ゴローさんは東口五叉路《ごさろ》近辺を根城にしているホームレスの顔役みたいな人で、この季節はだいたいあおぞら銀行の前に段ボールハウスを構えている。くそ暑い熱帯夜だというのに毛糸の帽子をぜったいに外さない総白髪の老人で、レオナルド・ダ・ヴィンチにちょっと似ているのでレオと呼ぶ人もいる。

「……ああ、アツシ。アツシか」

段ボールハウスから死にかけの芋虫《いもむし》みたいにのろのろ出てきたゴローさんは、僕の話に十五回くらいうなずいた。

「懐かしいな、アツシ。おしめを替えてやったこともある、お祖父《じい》ちゃん似の子でな」

「お孫さんの話じゃないです、ボケないでください！」

僕はゴローさんの肩をつかんで揺《ゆ》さぶった。いつもこんな調子の人なのだ。

「この人です、先月までこのへんで演《や》ってたんですよ、話したことありませんか？」

僕が突きつけた携帯の画像を、ゴローさんは焦点の定まらない目でしばらく見た。それから急に赤ら顔を引き締め、僕の肩のギターケースを指さす。

「……え？」

くいくい、とゴローさんは指を曲げて催促する。ギターを出せ、と言っているらしい。信じられないことだがゴローさんは音楽の心得がある。一度だけ、嫌《いや》がる玲司《れいじ》さんに酔っ払って絡んでギターを強引に借りて弾いていたのを聴いたことがあるが、錆《さ》びついてはいてもプロのにおいのするプレイだった。だからストリートミュージシャンと馬が合うのかもしれない。

僕は黙《だま》ってES‐335を取り出し、渡した。

手早くチューニングしてからゴローさんは右手を弦《げん》に走らせる。歯切れの良いリズム、簡素なEマイナーの進行、ときおり裏声やフェイクを交えたゴローさんの渋味のある鼻歌。歌詞は聴き取れない。というか、たぶん歌詞を知らないからてきとうにそれっぽく歌っているだけなのだ。高校生と白髪の老ホームレスと真っ赤なギターという組み合わせはどうしようもなく通行人の目を惹《ひ》いたけれど、気にしている余裕はなかった。僕は段ボール敷きの隅っこに膝《ひざ》をついて、ゴローさんの歌にじっと聴き入っていた。

どこかで聴いたことがある。知っている歌であるような気がする。

歌い終え、ギターを僕の膝に突っ返したゴローさんは、かあっと痰《たん》を切って道路に吐《は》き捨ててから言った。

「……こんな曲だ。アツシがきまって歌ってた。歌詞はわからん。英語だったからな」

僕はゴローさんの真っ黒に汚れて節くれ立った指と、手元のギターの赤い光沢《こうたく》とを何度も見比べる。

「……他になにか、話してませんでしたか」

「さあ。まわりのやつらと似たようなことばっかだよ。金がない、毎日嫌《いや》になってくる、早くこんなとこ抜け出したい、いつか、いつか俺は、いつか……ってな」

「そう……ですか」

僕は肩を落とした。毎日嫌になってくる……。僕も口に出さないだけで、そんなことばかり考えて過ごしてた。しかも僕は彼らとちがって、いつか抜け出さなければ、なんて気概は持っていなかった。もしこのギターに出逢わなければ——と想像すると、寒気が這《は》い寄ってきて汗を皮膚《ひふ》に張りつかせる。

「そういやアツシ見ねえな。最後に見かけたとき、ギターだけじゃなくてでかいスーツケースも持ってたから、夜逃げでもしたのか」

僕は目を剝《む》いた。

「スーツケース？　いつ、いつですか？」

「先月の……終わりくらいだったか。日曜だ。馬券買いに行く途中だったからよく憶えてる」

僕は携帯のカレンダーで確かめる。六月最後の日曜日は二十九日、《ボス》ノートに書かれたアツシさんの最後の演奏スケジュールの日じゃないか。

……馬券を買いに行く途中？

「それ昼間の話ですか？」

「当たり前だろ。昼ちょい前だ。サンシャインの前で見かけた」

おかしい。二時半からユニクロ前で演奏予定じゃなかったのか。昼前にスーツケースを持ってどこかに行ってしまった？

そこで僕は気づく。サンシャインの前ということは——

「……プリンスホテル前のバス停ですか？」

「そうかもしれん。知らんよ、俺だって忙しかったんだから」

膝《ひざ》の上でギターがぱたりと倒れた。

二時半、ユニクロ、スーツケース、そしてプリンスホテル発のバス。

雷に打たれたように、僕は曲名を思い出す。ゴローさんがたった今聞かせてくれた、アツシさんのお気に入りだったという歌。

それからすべてがつながる。

§

香奈《かな》さんは、言っていた通り、姿を見せなくなった。

一時期は母子像に毎日来ていたというのに、あの日を境にぱったり見なくなったのだから、ほんとうに彼氏のことをあきらめたのだろう。

あの女に手の早い淳吾《じゅんご》さんでさえ香奈《かな》さんの連絡先を聞いていなかったので、連絡を取る手段はまったくなかった。今さらアツシさんの行方《ゆくえ》がわかったところで遅すぎたのだ。しょうがない。べつに香奈さんは僕の友人ではないし、僕の演奏を聴きにきた客でもない。どうしようもない用事で池袋《いけぶくろ》に流れ着いて、CD一枚分くらいの時間を一緒《いっしょ》に歩き回って費やしただけの相手だ。

でも僕は、彼女が別れ際に見せた月の表面みたいに荒漠《こうばく》とした笑い方が忘れられない。

他に方法は思いつかなかった。僕は《ボス》ノートにはじめての書き込みをした。あれだけぐじぐじとためらっていたのに、そのときは自分でも驚くくらい迷いなく青インクで予定を綴《つづ》ることができた。

自分の名前ではないから、かもしれなかった。

『寺谷《てらや》アツシ　8／11　9：29～　ユニクロ前』

筆跡は、精一杯似せた。日付は一週間後だ。

それまでに、香奈さんが気まぐれを起こして、一度でも池袋に来てこのノートを覗《のぞ》いてくれればいい。

祈っている時間はなかった。楽譜を書き下ろして、アレンさんにヴァイオリンパートを演《や》ってくれるように頼み込んで、それから練習しなきゃ。

ノートを閉じて母子像を離れるとき、僕の頭の中で響き始めたのは列車の音だった。きらびやかなディスコ・ビートが剝《は》ぎ取られ、むき出しになった弦《げん》と歌声とのせめぎ合い。アツシさんの残した歌が車輪に踏《ふ》み砕《くだ》かれ、散らばっていくかけらたち……。

§

真夏の夜の池袋は、肉を焼いた後の鉄板みたいにアスファルト道路に汚れた暑気がこびりついていて、靴底《くつぞこ》に粘着《ねんちゃく》するようだった。ビルの間を抜けてくるわずかな風もまるで救いにならず、楽器自身も汗をかいているようにさえ思えてくる。

ユニクロ前は路上演奏スポットとしてはいちばん人気がない。対岸のドコモ前と比べてサンシャイン60通りがやや遠いので人の流れが相対的に少なく、しかも同じ歩道沿いに交番があるので注意されるリスクも高い。

しかしその日、午後九時半を過ぎても僕とアレンさんのまわりにいまいち客が集まっていないのは、人通りのせいばかりではなかった。

「ハル、今日演《や》る日だったの？」

「アレンと一緒《いっしょ》なんて聞いてないよ、ちゃんと書いといてよ」

たまたま通りすがった顔なじみに文句を言われる。アツシさんの名前で予定を入れたのだ。それで集まらないという事実に僕はちりちりとした胸の痛みをおぼえる。

「ハル、もう演《や》っちゃおうよ。来てくれたみんなに悪いよ」

アレンさんがぴかぴかの黒檀《こくたん》みたいな額《ひたい》の汗をタオルで拭《ふ》き、ヴァイオリンの弓を器用に指先でくるくる回す。僕は曖昧《あいまい》にうなずき、歩道をもう一度眺《なが》め渡す。

香奈《かな》さんは来ていない。やっぱり無理か。もう池袋《いけぶくろ》には来ないって言っていたのだから、僕がノートに残したサインにも気づくわけがないのだ。

遅すぎたんだ。

「……そうですね。演りましょう」

僕はギターストラップを肩にかけて立ち上がった。その日のES‐335はいつもよりもずっと重たく感じられた。音楽はひとりだけのためにあるものじゃない。たとえだれかひとりに贈る歌でも、空がひとつにつながっている限り、どこにでも届いてしまう。

アンプにつなぎ、音量を目一杯上げる。アレンさんと視線を交《か》わし、胸の中で4カウントを叩《たた》く。ピックが弦《げん》に滑《すべ》り込む。金属的な響きがゆっくりと、しかしたしかに加速度を重ねて走り出す。はるか遠くの街へと。時刻は九時二十九分、都会の裏路地に陽《ひ》は沈み、あたりに音楽が満ちる、そんな夜だ。きみは地球が回転を止めてしまったみたいに感じる。この夜が永遠に続くようにと僕は願う。きみと共にいたいから、音楽を鳴らし続けよう……。僕のファルセット混じりの歌声に、アレンさんのノスタルジックなヴァイオリンが応える。かつてエレクトリック・ライト・オーケストラが、底抜けにきらびやかなディスコのリズムで走り抜けたこの線路を、けれどアツシさんは歩いてたどった。テンポがあまりにもちがいすぎて、ゴローさんの歌を聴いてすぐにわからなかったのだ。今ならわかる。列車の行き先が――アツシさんの目指した街が、僕にはもうわかっている。

だから、これをあなたに届けたい。

歌の合間にまつげで光る汗を指で払ったとき、不意に、駅の方から駆《か》けてくる人影が見えた。バス停の待ち客の間を縫って、髪を振り乱し、転びそうになりながら、近づいてくる。僕は歌詞も見失って叫《さけ》びそうになる。香奈さんだ。来てくれたんだ。呼気が胸につかえる。手が止まりそうになる。ヴァイオリンのフレーズが弾《はず》んで、僕に次のコードを思い出させる。歌うんだ。今は歌うんだ。ステージに立っているんだから、今はこの灯《ひ》を燃やし続けるんだ。

アレンさんの黒くてぴかぴかした肩が視界の端でぐんと盛り上がる。ひとつ楽句を走らせるたび、ヴァイオリンを放り投げ、宙返りさせ、あるいは背中側でつかまえ、見事に僕の歌へとつなげる。歓声と拍手が押し寄せ、暑さが倍くらいに感じられる。

歌い終えた後も、心地よい汗みずくの疲労感の中で、僕はまだ列車がレールを踏《ふ》む音を遠く聞いていた。詰めかけた人々の肩の間に香奈さんを見やる。彼女は人の輪の外で立ち尽《つ》くして、まだ歌の続きが走っていく先を探している。

僕はギターを肩から下ろしてケースに置いた。一瞬《いっしゅん》で身体《からだ》が冷えて軽くなりぺらぺらの紙になってしまったような気がした。

「すみません、ちょっと、あの」

人垣《ひとがき》を掻《か》き分けて香奈《かな》さんに近づく。

「今の……今の曲、……あっくんが……よく歌ってた」

香奈さんが僕の胸元を見つめてつぶやく。僕はうなずく。

「わっ、私っ、これ、これ見つけて、今──びっくりして飛んできて」

彼女が持ち上げた手には《ボス》ノートが握られていた。まわりの客たちが気づいて香奈さんに詰め寄る。

「ちょっとあんた！　なに持ってきてんの！」「だめでしょ、勝手に！」「あそこに置いとくって決まってんだから！」

「あっ、ご、ごめんなさい」

「返しにいきましょう」と僕は香奈さんの手を引いて早足で歩き出す。

「ハル、どこいくのっ？」「一曲だけかよ？」

背後で大勢が不満そうな声をあげる。僕はちらと振り向き、アレンさんに「ごめんなさい、ここはお願いします」と視線でお願いした。彼は親指を立てて応え、再びヴァイオリンと弓を取り上げる。僕は駅に向き直って足を速める。

「ま、待ってハルくん！」

香奈さんが引きつった声で言う。僕の手を振りほどき、大股《おおまた》で僕の隣に並ぶ。

「どういうことなの、あの曲、わかったの？　あっくんのこと」

僕は横断歩道の手前で立ち止まり、振り向く。

「ええ。ＥＬＯの曲です。……『ロンドン行き最終列車』っていう」

彼女は目をしばたたく。信号が青に変わり、待っていた大勢の人々が両岸から車道に流れ込む。でも僕たちは向かい合って立ち尽《つ》くしたままだ。

僕は香奈さんの手の中から《ボス》を抜き取り、六月二十九日のページを開く。

「ここ、アツシさんの最後のスケジュール書き込みです」

指さした記述は、『6／29　2：30　UniKLO』。香奈さんの戸惑う目が紙面と僕の顔とを何度も行き来する。

「これ、ユニクロじゃないんです。綴《つづ》りがＱのところがＫになってますよね。たぶんこういう意味です」

僕は青ペンで“UniKLO”の隣にこう書く。

United Kingdom LOndon

香奈さんの瞳《ひとみ》に波紋《はもん》がいくつも広がる。僕はそれが落ち着くのを待って、言葉を選び、そっと唇《くちびる》から押し出す。

「この日、お昼にアッシさんをサンシャインビルのそばで見かけた人がいます。ギターとスーツケースを持っていたそうです。サンシャインのプリンスホテル前バス停からは、成田《なりた》空港直通のバスが出てます。二時半ていうのはたぶんフライトの時間です」

そこで僕は言葉を切る。信号が再び赤に変わり、車のエンジン音が左右から束《つか》の間の沈黙《ちんもく》を踏《ふ》み潰《つぶ》していく。

「……ロンドン？」

香奈《かな》さんがようやくつぶやいた。

「ロンドンに……行っちゃったの？」

僕はうなずく。

「どういうつてがあったのか、あるいはなんのあてもないまま発《た》っちゃったのか、僕は知りません。でも、ギターを持っていったのはたしかです。アッシさんは音楽をあきらめてない。自分の音楽を探しにいったんです」

海を越えて、地球の裏側へ。憧《あこが》れた音楽が立ちこめる霧の街へ。

香奈さんの身体《からだ》から力が抜け、ふらりと車道に泳ぎそうになる。僕はあわててその腕をつかんで引き留めた。

「……そう。……じゃあ、もういないんだ。……私、邪魔《じゃま》してたもんね、あっくんのこと。音楽ぜんぜん興味なかったし……たぶん無神経なこといっぱい言っちゃったんだろうし……」

信号がまた青になる。香奈さんはうつむき、のろのろと歩き出す。何人もがせわしなく彼女を追い抜いていく。僕も続ける言葉を探しながら信号を渡りきる。彼女の萎《しお》れきった背中を見つめていると、どんな慰《なぐさ》めも届く前に枯れて折れてしまいそうに思えた。

東口の母子像の前までやってきたところで、香奈さんは足を止めて振り向いた。無理に笑っている顔ほど見ていて哀しくなるものはない。

「ありがと、ハルくん。……あはは、おかしいでしょ。もう池袋《いけぶくろ》来ないとか言っときながら、私、たまに来てそのノート、チェックしてたんだよ。……馬鹿《ばか》みたいだね。これで、もう、ほんとに……」

香奈さんの声は湿り気を帯び、くしゃりと喉《のど》の奥で潰れ、嗚咽《おえつ》の予感に変わってしまう。彼女は唇《くちびる》を噛《か》みしめ、踵《きびす》を返そうとする。

「戻ってきますよ」

僕の言葉に香奈さんは肩をびくりとさせ、また首を巡らせる。意味をはかりかねるように、唇を震わせる。

「アツシさんは戻ってきますよ」

「……なんで？　……慰めてくれてるなら、もういいんだよ、そういうの」

僕は首を振る。だって、『ロンドン行き最終列車』はそういう歌だ。行かなくてはいけないのに恋人の元に留まってしまう、そんな最後の一夜の結論は、ついに歌詞の中には出てこない。

それに――

「……香奈《かな》さん、住んでるの桜台《さくらだい》ですよね？　練馬《ねりま》の」

彼女の目が大きく見開かれる。

「なんで知ってるの？　教えてない……よね？」

「やっぱり。これ、こないだやっと気がついたんです。そういう意味ですよね」

僕は《ボス》ノートの最後から二番目のページを開いて香奈さんにみせた。

彼女は息を呑《の》む。瞳《ひとみ》が水の中に沈んで光が砕《くだ》ける。まだだれも予定を記していない、はるか未来にならなければ埋まるはずのないほとんどまっさらなページに、ぽつりと一行だけ青インクの記述がある。


『アッシ　桜台』


香奈さんは僕の手からノートを受け取り、そのまましゃがみ込んでしまった。しずくがページの端にいくつか落ちた。通りすがる人がみんな訝《いぶか》しげに僕と彼女を見た。でも彼女は気づきもしなかった。もう心はロンドンに飛んでいたのかもしれない。

僕はそっと母子像から離れ、香奈さんに背を向けて歩き出す。ブランドショップのウィンドウのまばゆさから離れ、横断歩道を渡り、交番とマクドナルドの間を首をすくめて通り過ぎる

と、ようやく音楽が僕のまわりに戻ってくる。手拍子とヴァイオリンが僕の心を搔《か》き乱す。なんだろう、この不思議なヴァイオリンの音。よく知っているはずなのに知らない音だ。

「ハル！」「なにやってたのハル、早く！」

みんなが口々に僕を呼ぶ。人垣《ひとがき》が割れる。演奏に没頭するアレンさんの巨体が目に入り、僕は啞然《あぜん》とする。あのおっさん、僕のギターをヴァイオリン代わりにして弓で弾いてやがる！　アレンさんが僕に気づいておどけた顔で演奏を締めくくり、笑い声と拍手が巻き起こる。

「あんまり待たせるから、とっておきの芸みせちゃったよ」

そううそぶくアレンさんから、僕はES‐335を受け取ってまた肩にかける。僕のステージなのだ。用事は終わったけれど、ゲストに任せっぱなしのままじゃ締まらない。

かがみ込んでチューニングを済ませ、僕は立ち上がって振り返った。期待にぎらつく数十の目に気圧《けお》される。唇《くちびる》を何度も舌で湿らせてから言った。

「……じゃあ、もう一曲」

§

暑苦しい歓声が真正面から吹きつけ、僕はピックを落っことしそうになった。

「最低の男。ばかじゃないの」

ミウは僕からことの顚末《てんまつ》を聞くと、《ボス》ノートのページをめくってそう吐《は》き捨てた。

「ハルがたまたま見つけたからいいけど、要するに黙《だま》って消えたのと変わらないじゃない。それに、いつ帰ってくるかも書いてない。ほんと最低」

「うん、まあ……そうなんだけど」

僕は隣から手を伸ばしてページを繰《く》る。

二日前のページの真ん中あたりに、スケジュール書き込みに混じって、女性らしい丁寧な文字でこう書かれている。

『アツシへ　忘れ物預かっています』

彼女の問題なのだ。待つのも赦《ゆる》すのも彼女の自由だ。僕らはただ言葉を探して届けただけで、あとは口出しすべきじゃない。それに、なかなか素敵な返事のしかただった。香奈《かな》さんもああ見えてけっこう詩人なのかもしれない。僕なんかよりもずっと《ボス》を使うのにふさわしい気がする。

「そんなことよりも！」

ミウがノートを僕の手に突っ返す。

「ハルはなんであれから一回も予定入れないの。はじめての書き込みが他人の名前借りたやつだなんて、恥《は》ずかしくないの？」

僕は首をすくめた。ミウの言う通りだった。

未来のことは知らない。僕がどこでのたれ死ぬのかもわからない。でも、今はここが僕の歌う場所だ。なぜって、聴いてくれる人がいるからだ。他に理由は要らない。

「じゃあ……うん、来週の月曜か火曜かな、ドコモ前が空いてるし」

ミウはそっぽを向いて唇《くちびる》を尖《とが》らせた。

「わたしは明日から仕事でしばらくいないから」

フードの下のさみしげな顔を見つめる。

ミウは陽《ひ》が昇れば小峰由羽《こみねゆう》に戻らなければならない。毎夜遊んでいるわけにもいかない。彼女にもまた歌うべき場所が他にある。

「そう……か」と僕は肩を落とす。「次はもうちょっといい点数もらえればって思ったけど、残念だね。今度はいつ――」

「ばか！」

ミウが僕の胸に人差し指を突きつける。

「今日これから演《や》ればいいでしょ！　なんでこんなことわたしに言わせるのっ」

「え……」

僕はミウの茶色いサングラス越しの瞳《ひとみ》と、青い字に埋め尽《つ》くされたノートのページとを何度も見比べる。

たしかに、今夜の西武《せいぶ》前は空いている。

「い、いやっ、あの、心の準備が」

ミウは僕の手からノートを引ったくり、勝手にスケジュールを書き加えてしまう。母子像の足下《あしもと》に戻すと、僕の肩をぐいぐいとデパート前のスポットの方に押しやる。僕がそれでも迷っていると、見知った顔の男女がやってきて《ボス》のページをたぐる。

「……え、ハルこれから演るの？」「ラッキーだったね！」

こんなことになったら、帰るわけにもいかない。僕は観念して歩道のタイルにギターケースを下ろし、蓋《ふた》を開いて相棒の目に痛いほど鮮やかな紅《べに》色のボディをなでる。ストラップを肩にかけ、調律を始めると、指先に血が通い始めるのがわかる。弦《げん》に触れた指を通してギターにまで血潮が染みとおっていく。コードをアンプに挿すときの痺《しび》れるような手応えが、僕のリアルと街のリアルをつなげる。

僕はここにいる。こうして、茹《う》だるような池袋《いけぶくろ》の熱帯夜の底にへばりついて、せいいっぱいの声で歌う。

「リクエストは？」とミウに訊《たず》ねた。

「50点とれそうなやつ」と彼女はぶっきらぼうに答えた。

僕は苦笑して、ボリュームのつまみを全開にした。

そばで見つめていたい

East Ikebukuro
Stray Cats

あまり知られていないが、池袋《いけぶくろ》のシンボルはフクロウだ。『ぶくろ』と『ふくろう』の駄洒《だじゃ》落《れ》が由来だという。もともと、渋谷《しぶや》のハチ公像に匹敵するほどの池袋のシンボルをつくろう、という意図で『いけふくろう』という石像が東口の地下に下りてすぐのところに設置され、そこから街全体がフクロウ推《お》しになった――らしい。

しかしいまだに、ハチ公の圧倒的な知名度とは比べるべくもない。僕も池袋に通うようになってはじめて『いけふくろう』の存在を知った。いまいち普及しないのは、たぶん泣けるエピソードがくっついていないからだろう。

「飼い主が死んでからも駅前に通うフクロウって、無理があるだろ」

玲司《れいじ》さんはたいへん冷静な見解を述べた。僕も同意する。

§

池袋駅西武《せいぶ》口の向かい側に、街でいちばん大きなフクロウがうずくまっている。

それは傾斜した屋根を持つ二階建ての小屋だ。二つの丸窓が両眼《りようめ》を、壁の角に赤く塗られた逆三角形がくちばしを表している。フクロウは明治《めいじ》通りから東に張り出した枝であるグリーン大通りを止まり木にして、池袋の最も人通りの多い一帯をにらみ渡し、見張っている。

実のところ、見張りというのはもののたとえではない。このフクロウの建物は交番なのである。繁華街のど真ん中なので昼も夜もひっきりなしに面倒ごとが持ち込まれ、制服警官が対応している姿が見られる。そんな忙《せわ》しい彼らの、重要さでいえば下から六番目くらいのどうでもいい仕事のひとつが、僕らストリートミュージシャンの取り締まりだ。

「……小野寺《おのでら》……春人《はると》か。高一？　この春に入学したばっかりか。ふうん。いいところの高校じゃないの。ちゃんと通ってんの？」

僕を捕まえたごま塩頭の初老の警官は、僕の学生証を見て眠たそうな声で言う。

「……いえ、その……」

交番の固いパイプ椅子《いす》の上で僕は答えに窮《きゅう》して背を丸め、うつむく。僕が捕まったのはまだ夜の十時前で、背後の歩道は通行人も多く、頼むから知り合いが通らないでくれと僕は身がよじれそうなくらい切実に祈っていた。僕の返事を待たずに老警官は続けた。

「路上で演《や》るようになったの、最近か？」

「は、はい」

「だろうな。逃げるの遅かったもんな」

警官はにやにや笑った。

「あのなあ、小野寺《おのでら》君。おまえさんたちのやってることは道路交通法違反なんだ」

その指摘に僕の喉《のど》が凍る。

「通報があったら我々が出張らなきゃなんねえの。注意してやめさすのも最初のうちだけでさ、三回目くらいになったらとっ捕まえなきゃならん。三ヶ月以下の懲役か五万円以下の罰金刑よ。どんくらい書類出さにゃならんかわかるか？　めんどいんだよ、ほんとに」

僕はおそるおそる老警官の顔をうかがった。どうも妙《みょう》な話の向きだった。

「だから逃げろ。玲司《れいじ》とか淳吾《じゅんご》の逃げ足見ただろうが。ああいうふうになりなさい。捕まらなければみんな幸せだ」

これが警察官の言っていいことなのか、と僕は内心愕然《がくぜん》とする。

「しかしおまえさん、珍しいギター使ってたなあ。ちょっと見せてみな」

没収でもされるのでは、と僕はおそるおそるケースを開けてみせる。

「高校生にゃ渋すぎるだろう。だれか憧《あこが》れのギタリストが使ってたか？」

「……え、ええ、まあ……」

「はっはっは。やっぱりな。演《や》ってる曲も古くせえのばっかりだったな。俺が知ってる曲もあった。ピーター・ポール＆マリーなんて俺がガキのころのグループだよ」

それから老警官はえんえんと60年代の思い出話を始めた。

「俺が学生の頃はなあ、池袋《いけぶくろ》はサンシャインもねえし汚えしヤクザだらけで……」

やがて若い警官が交番に戻ってきて、自慢話を終わらせてくれた。案じていた家や学校への連絡もなく、僕は交番を追い出された。

§

翌日、玲司さんにその話をすると、苦い顔をされた。

「ああ、黒田《くろだ》のジジィな」

「黒田……さん、っていうんですか、あの人」

「あそこのハコ長だ」

玲司さんはグリーン大通りを挟《はさ》んだ対岸のフクロウ交番をあごでしゃくる。その夜も池袋の見張り鳥は街のネオンに眼《め》をぎらぎら光らせている。

「はこちょう?」

「交番の班長だよ。あんなろくでなしでも警部補だぜ」

「あれくらいじゃなきゃフクロウ交番は務まらねえんじゃねえの」と、横で聞いていた淳吾さんが笑う。「黒田のおっさんみたいにゆるくないとストレスで死んじまうだろ」

「あいつたまに酒臭《くせ》えんだ。よくあれでクビにならないもんだ」

「あとピンサロの前でもよく見かけるよな。パトロールとか言ってっけどあれ嘘《うそ》だろ。あのサボり癖《ぐせ》のおかげで俺たちは助かってるけどな」

僕は嘆息《たんそく》した。どうやら有名な不良警官だったらしい。

「でもなハル、腐ってても警察《サツ》だ。気をつけろよ」と玲司《れいじ》さんは言う。「俺らが違法なのは変わりねえんだ。黒田《くろだ》の親父《おやじ》がどんだけやる気なくても、隣にまともな若い警官がいたら俺らを取り締まらなきゃいけない」

唾を飲み下し、玲司さんの真剣な顔を見つめ返す。

「……逃げろ、ってことですよね」

「そういうことだ」

演《や》っている当事者にも『違法』とずばり言われると、複雑な気持ちになる。

「あの、今さらなことかもしれませんけど……許可とって演れば違法じゃないですよね？」

「許可下りないんだよ」と淳吾《じゅんご》さんは肩をすくめる。「いっぺん池袋《いけぶくろ》署まで行って話してみたことあるぜ。路上ライヴって言っただけで窓口で門前払いだ」

「しゃあないな」玲司さんは首を振った。「歩道に人がたまるからな。警察としちゃ認められないだろう」

「もうちょっと田舎行けば許可出るところもあるらしいんだけどなー」

「やっぱり池袋じゃなきゃだめですか」

「これだけ人が集まって、演れる場所も豊富な駅は他にないな」と玲司さん。この二人は自主制作ＣＤも販売しているので、場所選びは切実な問題だろう。

僕は南池袋《みなみいけぶくろ》パーク通りを行き交《か》うまばらな車の灯《あか》りをぼんやり眺《なが》める。向かい側の歩道を通り過ぎていく見知らぬ人の群れ。ストリートはけっきょくだれにとっても仮住まいなのだな、と思う。だから居心地がいいのかもしれない。アスファルトの地面はどんな人間にも冷たい代わりに、どんな人間も閉め出したりしない。いつまでここにいていいのだろう、という不安は、歌っている間だけなら忘れていられる。

§

それからも警部補の黒田さんの姿を見る機会は何度もあった。

パチンコ屋の交換所のおばちゃんとだべっていることもあれば、ホームレスのおっさんといっしょに銀行前でウンコ座りしてスルメをくちゃくちゃかじっていることもあった。大人のおもちゃ専門店に入っていく背中も見かけたことがある。いつでも制服姿なので、日本の警察は大丈夫なのかと本気で心配になった。

一度だけ私服姿を見たことがある。夜遅く、客もいなくなって僕が帰り支度をしていると、サンシャイン60通りの方から信号を渡ってやってくる屈強な人影が見えた。よれよれのアロハシャツを着てサングラスをかけた黒田《くろだ》さんだった。思わずぞわっと恐怖を感じたのは相手が警官だからというだけではない。まるっきりヤクザに見えたからだ。

「小野寺《おのでら》君、今日はもうおしまいか」

僕のそばまで来た黒田さんは、閉じたギターケースを見て言う。

「……え、ええ、あの……」

「そんなに固くなるな。今日は休みなんだから俺はただの通行人のオヤジだよ。おまえさん、毎日終電までやってるが、親御さんは知ってるのかとか学校行ってるのかとかそういうやかましいことも訊《き》かねえよ」

僕は首をすくめて縮《ちぢ》こまる。さっさと退散しようとギターケースを持ち上げかけたとき、黒田さんが植え込みの縁に腰を下ろした。

「一曲演《や》ってくれよ」

「……え？」

黒田さんはサングラスを外す。どろりと濁《にご》った眼《め》が現れる。たぶん飲んだ帰りなのだろう。

「リクエストがあるんだよ。いつも大目に見てんだからそれくらいはいいだろ」

恩着せがましく言われてしまうと断るわけにもいかない。僕はギターを取り出してミニアンプにつないだ。通行人が何人か振り返るが、足を止める者はいない。隣でだらしなく脚を投げ出している柄の悪いごま塩頭のせいだろう。

「……リクエストって？」

「ポリスがいいな。俺、警官だからな」

黒田さんは古い木材が軋《きし》むような声で笑う。ポリスは僕が生まれるはるか前に活躍していたイギリスのスリーピースバンドだ。何年か前に再結成したんだっけ？　いちばん有名な一曲しか知らないので他の曲を頼まれると困るな、と思っていたら黒田さんが続けて言う。

「あれ演ってくれ、『見つめていたい《Every Breath You Take》』」

僕は内心ほっとする。唯一《ゆいいつ》知っているその曲だった。

ギターストラップを肩にかける。ＥＳ-３３５のずしりとした重みが、警察官を前にして歌わなければいけないという奇妙《きみょう》な状況を少しだけ忘れさせてくれる。

汗ばんだ指でピックをつまむ。ボディを叩《たた》いて4カウントを鳴らす。チェロのピツィカートにも似たアルペッジョ。絶え間なく続く9thコードは、忘れ物を思い出そうとしながら夜空を見上げて歩くときのステップのようだ。

きみの呼吸のひとつひとつも、きみの細やかなしぐさまでも、きみの破るどんなささいな約束も、きみが踏《ふ》む一歩一歩も、僕は見つめていたい。一日も欠かすことなく、きみの口にする言葉すべてでも、きみのどんな戯《たわむ》れも、きみの過ごす一夜一夜も、僕は見つめていたい。わかるだろう、きみは僕のもの……

精緻《せいち》な刺繍《ししゅう》のように組み上げられた脚韻《きゃくいん》が、平素な言葉をきらめかせる。なんて完璧な歌なのだろう、と歌っていて思う。メロディもリフも詞も、すべてがシンプルで、限りない奥行きに反響して聞こえる。

コーダのリフレインの間、僕はそっと黒田《くろだ》さんの顔をうかがう。表情はまるで変わっていない。汗の塩辛《しおから》さがそのまま浮き出たような渋面《じゅうめん》のままだ。リズムにのっているそぶりもない。僕が最後のコードを鳴らして一礼しても、拍手もない。下手《へた》くそだったからだろうか、満足できなかったからやっぱり逮捕する、とかにならないよな、と心配になってくる。

「……クソみたいに良い曲だな」

黒田さんがぼそりと言った。僕は喉《のど》の音が聞こえないようにゆっくり唾を飲み込む。

「……はあ」

「昔はよく聴いたよ。三十年くらい前か。あの頃クソみたいにラジオでしょっちゅうかかってた。テープに録ってすり切れるまで聴いた」

「……ポリス、好きだったんですね」

他に言うべきことを思いつけなかったので、僕はとくに意味もなくそう訊《き》いてみた。黒田さんは鼻で笑った。

「大嫌いだな」

僕は黙《だま》り込んだ。なんだそりゃ？　嫌いなのにリクエストしたのかよ？

「おまえさん、この歌なあ、ラブソングだと思ってるだろ」

不意に黒田《くろだ》さんが言った。僕は彼のサングラスの端っこに映り込んだ街灯の火を見つめた。

「ちがうんですか?」

「ちがうんだ。俺も英語なんざ全然詳《くわ》しくないがよ、スティングがインタビューで『あれはろくでもない歌だ、ラブソングじゃない』って言ってたの見て、調べたんだよ。『アイル・ビー・ウォッチング・ユー』は『見つめていたい』なんて甘ったるい言葉じゃないだろ。『ウォッチ』ってのはただ見るって意味の言葉じゃなくて『監視する』って意味だ」

I'll be watching you.

——『俺はおまえをこれからもずっと見張っている』。

寒気をおぼえた。手の汗はいつの間にか引いていた。

「もちろんスティングは、ファンどもが勘違いするようにうまく詞を書いたんだろうさ。見守るって意味もあるからな。俺も勘違いしたままがよかったよ」

黒田さんは何度も鼻をすすりあげた後でぼつりと言った。

「俺はさァ、この歌、警察のこと歌ってんじゃねえかって思うようになったよ」

僕は口を半開きにして、隣の老警官の横顔を見た。

ばかばかしい深読みだった。バンド名がポリスだから警察のことを歌っている?

でも、笑い飛ばせなかった。それどころか僕の心は黒田さんの説を受け入れつつあった。腑《ふ》に落ちるのだ。

もしラブソングだとすると三行目からすでにちょっと変に思える。

“Every bond you break”

この“bond”という単語を「絆《きずな》」の意味にとっても、「約束」だと解釈しても、それが壊されるのを「見つめていたい」という表現はなんだかラブソングにそぐわない。

しかし、警察の歌だとするのなら。

――『おまえの息づかい、おまえの一挙一動、おまえが反故《ほご》にする契約、おまえの足跡のひとつひとつまで、俺はずっと見張っている。一日たりとも休まず、おまえの発言すべて、おまえが打つ駆《か》け引きすべて、夜通し見張っている』……

意味が通る。

だから、笑い飛ばせなかった。

「それから大嫌いになった」

黒田さんはヤニで黄色く染まった歯を剝《む》いて笑う。

「なんで音楽聴いてるときまで、ろくでもねえサツの仕事のこと考えなくちゃいけねえんだ、ってな」

警察官の仕事が嫌い、ということなのか。それであんなにやる気がないのだろうか。取り締まられる側である僕らはありがたいけれど、池袋《いけぶくろ》の善良な市民にとってはたまったものじゃないだろう。

「変な話して悪かったな」

黒田《くろだ》さんは僕の頭にぽんと手を置いた。骨張っていて樹の幹みたいにがさがさの手のひらだった。

「おまえさんのプレイはクソ良かったよ。たまには学校行けクソガキ」

じゃあな、と黒田さんは立ち上がり、駅の方へと遠ざかっていった。僕の耳の中では、今やまったくべつの意味を持つことになってしまった自分の歌がいつまでもリフレインしていた。

俺はおまえを見張っている。ずっとずっと見張っている……

§

「アメリカじゃ結婚式の定番曲なの」

翌日、ミウはそう教えてくれた。『見つめていたい』の話だ。ミウは十歳くらいまでニューヨークで暮らしていたそうなので、英語も完璧だしあちらの事情にも詳《くわ》しい。

「ネイティヴでも勘違いしてる人は多いわけ。たぶんいちばん誤解されてる歌なんじゃないかと思う」

「……ラブソングだとしても、なんかストーカーみたいな詞だよね」と僕はつぶやく。

ガードレールに腰掛けたミウは両脚をぶらぶらさせて言った。

「でも警察の歌っていうのも穿《うが》ちすぎ。わたしは、スティングが別れた奥さんに一生おまえを赦《ゆる》さないってぐちぐち言ってる歌だと思ってたけど」

なるほど、それでも筋が通る。どちらにせよ後味の悪い歌詞だけれど。

「そんなことよりハルは逃げ足遅すぎ！」

いきなりミウは話題を変えて怒り出した。

「警察と仲良くしてどうするの、顔ばっちり憶えられてるってことじゃない！　そもそも捕まっちゃだめなの！」

僕は目を白黒させる。

「なんでミウにそんなこと怒られなくちゃいけないんだよ……」

「ハルが逮捕されたらっ」

「……されたら？」

ミウはむっとした顔でしばらく黙《だま》り込む。

「路上の他のみんなが迷惑するでしょ」

「ああ、うん、それはそうだね……」

「ストリートライヴなんてちょっとしたことですぐにできなくなっちゃうんだから、波風立てないのが大事なの」

「わかってるよ……」

あの《ボス》ノートの使い方もつい最近まで知らずにライヴをやっていた僕だから、他にも自分で気づいていないところでまわりのパフォーマーたちに迷惑をかけていたのかもしれない、と思うと申し訳なくなってくる。

違法なのだ。もう一度自分に言い聞かせる。この居場所はいつなくなったっておかしくないくらいあやふやなものなんだ。

§

ミウの心配はべつの奇妙《きみょう》な形で現実になろうとしていた。翌日から池袋《いけぶくろ》東口周辺はどことなくぎすぎすした空気に支配されるようになった。これまで全然見たことのなかった酔っ払いと若者の喧嘩《けんか》を何度も目撃したし、歌っていても観客が全然寄りつかなかった。《ボス》ノートには、柄の悪い連中がうろついているという報告がいくつも書き込まれた。

心なしか、パトカーの赤色灯もよく目につくようになった。もともと池袋は夜ごとサイレンが聞こえるような街だから気のせいかもしれないけれど、明治《めいじ》通りを走っていく白黒の車体を見るたびに、僕は黒田《くろだ》さんのことを思い出さずにはいられなかった。

しかし、フクロウ交番の前を通るときに注意して建物内を見るようになったけれど、黒田さんを見かけることは一度もなかった。

ちゃんと仕事してくれているのだろうか。アイル・ビー・ウォッチング・ユー。見張っているだけで他になにもしないって意味じゃないだろうな。いや、見張っているかどうかさえもあやしいものだった。

その週末、僕は玲司《れいじ》さんにメールで呼び出されてサンシャイン60通りのロッテリアに顔を出した。UFJの二人だけではなく、東口周辺でよく見かけるパフォーマーが五、六人集まって、なんだか深刻そうに額《ひたい》をつきあわせている。玲司さんの向かいの椅子《いす》で頭を抱《かか》えているのはアレンさんだった。

「アレンのヴァイオリンが盗《と》られたんだ」

僕が座るなり玲司さんが言う。僕はぎょっとして、黒人ヴァイオリニストのうなだれた首筋を見つめる。

「近くで喧嘩があったから止めようと思って、いったんヴァイオリン置いて……ほんの一瞬《いっしゅん》目を離しただけだったのヨ」

アレンさんは力のない声でつぶやく。

「あれがないと……生きてけない」

大げさに嘆《なげ》いているわけではなく事実その通りなのだろう。商売道具だし、僕はヴァイオリンには全然詳《くわ》しくないけれど安いものじゃないはずだ。

「昨日の夜十一時過ぎだ。ハル、おまえなにか見てないか。西武《せいぶ》口のあたりで」

玲司《れいじ》さんの問いに僕は首を振る。

「僕、昨日は十時くらいにあがっちゃったので」

「そうか」

玲司さんはどこかに電話をかけ始める。淳吾《じゅんご》さんもさっきからメールを打ちっぱなしだ。どうやら他にも手当たり次第情報を集めているらしい。どこそこを集中的に探せ、なんて会話も漏《も》れ聞こえてきて、自分たちの手で探す気なのか、と僕はあきれる。

「警察には届け出たんですか」

そう訊《き》いてみるとアレンさんは首を振った。

「警察は、行ってない。色々とつっこまれると困るヨ、ガイジンだし」

ああそうか。詳《くわ》しくは訊けないが、そもそも被害に遭ったのが違法行為の最中だし、警察には説明しづらいだろう。だいたい、あんなんじゃ頼りにならなそうだし。

ひとしきり電話連絡を終えてから玲司さんがぼそりと言った。

「また路上狩りかもしれねえな」

僕は目をしばたたく。

「なんですか、路上狩りって」

「だいぶ前にそういうのがあったんだよ」と淳吾さんが苦々しく言う。「俺らパフォーマーとか、ホームレスのおっさんたちとかが何人も狙《ねら》われたんだ。金目のものなんて持ってないのがほとんどだし、いやがらせか憂《う》さ晴らしだろうな」

「ヴァイオリン……お金で戻るなら払うヨ……お金の方を持ってってくれヨ」

アレンさんがよれよれの声で言う。

「うちの店の鍵《かぎ》もこないだぶっ壊されてたんだ」

玲司さんが忌々《いまいま》しそうに言った。勤めているという古着屋のことだろう。

「金は金庫だから他に被害はなかったが……」

「玲司の働いてる店だって知っててやったってこと？」

「かもな。前にボコボコにしたやつらが仕返しにきたのかも」

なんだかどんどん話がきな臭《くさ》くなっていく。ボコボコにした？

「ハルも気をつけろ。怪しい連中見かけたらすぐ俺に言え」

玲司さんのどすのきいた声に、僕は黙《だま》ってうなずくしかなかった。僕にも他にできることありませんか、なんて軽々しく言い出せる雰囲気《ふんいき》ではなかった。

§

しかしアレンさんはたくましいもので、翌日にはもうストリートに立っていた。僕と一緒《いっしょ》に、だ。楽器はどうしているのかというと、僕のギターをヴァイオリン代わりにして弓で弾いているのだ。前にもいたずらでやったことはあったが、一晩通して演《や》るのははじめてだった。アレンさんは図体がでかいので、ES-335を肩と頬《ほお》で支えていてもちょっと大きめのヴィオラくらいにしか見えない。

「やっぱりハルのこれ良いギター。並の楽器でこんな馬鹿《ばか》な弾き方してもろくな音出ない」

いやいや、あんたがすごいだけだ。

もっとも、さしものアレンさんも腕やあごがつらいらしく、長時間のプレイはできない。休んでいる間、僕が交代して普通に弾き語りする。物珍しさのせいか、普段よりも通行人の食いつきがいい気がした。

「でも、こんなこといつまでも続けられないヨ」

四日目の夜、一本のコーラを回し飲みしながら休憩《きゅうけい》しているとき、アレンさんはため息混じりにそう言った。

「ハルも迷惑だろうし」

「いや、べつに僕は……」

「最初は珍しがられてたけど、あんまり長い間立ち止まってくれなくなってる。やっぱりお客さんもヴァイオリン聴きたいだろうから。ハルのお客さんはハルの歌をずっと聴きたいと思ってるだろうし」

それはそうかもしれない。ケースに放り込まれるお金も、二人で演っているからといって倍になるわけではない。かといって僕の取り分は要りませんと言ってもアレンさんにもプライドがあるから固辞される。

みんなでヴァイオリン購入費をカンパするというのはどうだろう。池袋《いけぶくろ》では人気のパフォーマーだからけっこう集まるんじゃないだろうか。いや、でもヴァイオリンだぞ？　アレンさんはちゃんとした音楽教育を受けているというし、カンパで買えるくらいの安物じゃ満足できないだろう。

「もう故郷《クニ》に帰るかな……」

アレンさんはそんなさみしいことを言い出す。

けれどその次の日の夕方、演奏を始めようと弓やギターの準備をしていた僕とアレンさんのところに玲司《れいじ》さんがやってきた。左手には見憶えのあるガムテープの補修跡だらけのヴァイオリンケースをぶら下げている。アレンさんの目が丸くなった。

「ほら、これだろ」

「レイジ！」

ケースを開いてたしかに自分の愛器だと確認したアレンさんは玲司さんに抱きつきそうになり、迷惑顔で肘鉄《ひじてつ》を食らう。

「ありがとう、ほんとにほんとにほんとに！」

アレンさんが真剣に泣くので通行人がみんなぎょっとした顔でこっちを見る。

「よく見つかりましたね……何人くらいで探《さが》したんですか」

僕はため息混じりに訊《たず》ねる。玲司《れいじ》さんはぶすっとした顔で首を振った。

「俺らが見つけたんじゃない」

「え？」

「うちの店に置いてあった」

意味がわからなかった。玲司さんが勤めている古着屋にアレンさんの盗まれたヴァイオリンが置いてあった？　どういうこと？

説明を求めようとした僕を遮って玲司さんは言った。

「ハルもアレンも今日これから時間あるか」

僕とアレンさんは困惑した顔を見合わせて小さくうなずく。

「ちょっとつきあってくれ」


驚いたことに、玲司さんが僕ら二人を連れていったのは西武《せいぶ》デパート地下の和菓子やケーキのお店が並んでいる一角だった。ケーキを選んでいる間に、電話で呼ばれたらしい淳吾《じゅんご》さんをはじめとして路上で顔なじみの連中がぞくぞくと集まってくる。

「ゴディバにしようぜゴディバ」「タカノフルーツパーラーのパフェうまいぞ」

「おい、だれが金出すの？」「割り勘に決まってるだろ」

むさくるしいストリートミュージシャンたちがあれこれ話し合いながら、きらびやかにデコレーションされた洋菓子を買い求める――というのは実に不気味な光景だった。なぜケーキを買わなきゃいけないのかはだれも説明してくれなかったが、僕も二百円ほど出した。

サプライズはそれでおしまいではなかった。玲司さんが次に向かったのはなんと花屋だった。デパートの同じく地下一階にある青山《あおやま》フラワーマーケットである。ブーケを作ってもらっている間、店員さんが何度も訝《いぶか》しげな視線をこちらに向けてきた。それはそうだろう。男が十人くらい、みんなラフなかっこうでギターや打楽器を抱《かか》えているのだ。花屋にいてゆるされるような集団じゃない。

西武口から出たところでミウが待っていた。

「なんの用なの？　わざわざ呼び出して」

頬《ほお》をふくれさせて玲司に詰め寄る。玲司さんは花束とケーキをミウに押しつけた。サングラスの奥で大きな目がますます大きく見開かれる。僕も驚いていた。ミウへのプレゼントだったの？　なんで？

ところが玲司さんはぶっきらぼうに言う。

「持っとけ。おまえが渡す係な」

「はあ？」

ミウは眉《まゆ》をひそめる。

「むさい男が渡すより、おまえみたいなちびでも女が渡す方がなんぼかましだろ」

「ちょっと！　なんのこと？」

それ以上説明せず、玲司《れいじ》さんは信号が青に変わったばかりの横断歩道を渡り始める。ミウがいらだたしげな小走りで追いかけ、僕らもそれに続く。隣を歩いていた淳吾《じゅんご》さんに事情を訊《たず》ねようとするが、すぐわかるよ、と言いたげににこやかにうなずかれてしまった。

明治《めいじ》通りを渡ってすぐ左手に、フクロウ交番がある。ちょうど黒いスーツ姿のごま塩頭が出てくるところだった。黒田《くろだ》さんだ。あの不良警官もあんなにきちっとした私服を着ることがあるのか、と僕は少し驚く。なにかの式の帰りなのだろうか。

玲司さんは足を速め、五叉路《ごさろ》の手前でスーツの背中に追いついた。

「おい、おっさん」

玲司さんが呼び止めると、黒田さんは頭をぼりぼり掻《か》いてから振り向いた。

「なんだクズども」

ミウは玲司さんに肩で促《うなが》され、一歩進み出て花束とケーキの紙袋を渡す。黒田さんは顔を歪《ゆが》めて受け取った。まずミウをにらみ、さらに視線を険しくして玲司さんを見る。

「なんの真似《まね》だこりゃあ」

「お礼だよ」

玲司さんは、すぐ背後のアレンさんのヴァイオリンをあごでしゃくって言う。僕やアレンさんを含め、事情をよくわかっていなかった数人がはっとした顔になった。

「知らねえよ。なんのことだ」と黒田さんはぼやく。

「まあ、そうだろうな。警察官としちゃ、とぼけるしかないよな。ちゃんと逮捕したら押収品てことになるからアレンにすぐ返せねえからな」

僕は唖然《あぜん》として横のアレンさんの顔を見る。彼もやはり驚きに目を見張っている。

「わかってんならほじくり返すんじゃねえよ」

黒田さんはぼそっと言って、足下《あしもと》に目を落とした。

「盗《と》った連中は、見逃したってことか？」

玲司さんは声を落として訊《たず》ねる。すぐ横の車道を走る車の排気音に消されてしまいそうなほどの小さな声だった。

「……見逃すもなにも、警察《サツ》として調査してたわけじゃねえよ。俺は心当たりのクソガキグループのねぐらをいくつか回って、なごやかにお話して、ちょうど置いてあった楽器をもらってきただけだ。俺には用のないもんだからおまえの店に捨ててきた。それだけだよ」

「なごやかにお話って顔かよ」と玲司さんは苦笑する。

僕にもだんだん事情が呑《の》み込めてくる。つまり黒田さんは個人的に、窃盗《せっとう》グループとおぼしき連中の居場所に乗り込んでヴァイオリンを奪《うば》い返してきたのだ。正式に警察として踏《ふ》み込んで押収したとなると、アレンさんの手元に返ってくるまでに面倒くさい手続きをいくつもこなさなきゃいけない。警察の世話になりたくないアレンさんには厳しい道のりだろう。

だから、公僕としてのやり方を曲げた。

「よくもまあ、あっさり見つけたもんだ」と淳吾《じゅんご》さんが言う。「俺らが何十人で探《さが》し回ったと思ってんだよ」

「馬鹿《ばか》かクソガキ。おまえらと年季がちがう。俺が何年この街でパトロールやってきたと思ってるんだ」

言葉にならないものが僕の胸につっかえる。

裏路地で、風俗店の前で、パチンコ屋の景品交換所で、路傍《ろぼう》の段ボールハウスの脇《わき》で、黒田《くろだ》さんはいったいなにをしていた？　仕事をさぼってぶらついているようなふりをして、街の風に耳を立て、眠らない両眼《りょうめ》をぎらつかせて――

I'll be watching you.

毎夜、見張っていた。街のフクロウとして。

黒田さんはいらだたしげに鼻を鳴らす。

「だから礼なんざ要らねえよ。てめえらのためにやったわけじゃねえ。なんだこんな大げさなもんよこしやがって。花束ァ？　墓参りじゃねえんだ」

「そっちは退職祝いだよ」

玲司《れいじ》さんの言葉に、黒田さんはうつろな視線を返してくる。

大型バスがやってきてすぐそばのバス停にとまり、胸焼けのする風が黒田さんの抱《かか》えた花を揺《ゆ》らす。

「……なんで知ってんだ」

黒田さんは無表情に言った。玲司さんは無愛想に返す。

「ここ何日も、いなかったじゃねえか。入院してたんだろ。それで昨日、交番の若いやつに聞いたよ」

フクロウ交番を振り返って黒田さんは黄色い歯を剝《む》く。

「あの野郎、余計なこと喋《しゃべ》りやがって。今度ぶん殴《なぐ》ってやる」

退職。

それじゃあ、全然似合っていないスーツも、本庁への挨拶《あいさつ》のため……？

「惜《お》しかったな。あとちょっとで定年だったのにな」

淳吾《じゅんご》さんが茶化すように言う。

「うるせえな。おまえらダニどもの面倒見るのにはたいがい嫌気《いやけ》がさしてたんだ。せいせいするよ」

人知れず東池袋《ひがしいけぶくろ》の街を見張っていた老鳥は、今日でいなくなってしまうのか。夏の夜なのに、僕は不安になるくらいの肌寒さをおぼえる。

「おっさんがいないとこっちは困るよ。あんたがその柄の悪い顔で見張ってないと治安が悪くてしょうがない。入院中そりゃあ騒《さわ》がしかったんだぜ」

「おまえらも治安悪くしてる原因だろうが」と黒田《くろだ》さんは吐《は》き捨てる。「柄でもねえことしやがって。花束にケーキなんて、かみさんになんて説明すりゃいいんだ。ゴロツキのお礼参りならもっとゴロツキらしいことしてみろってんだ」

「なんだよ。俺たちらしく一曲演《や》れってのか？　リクエストがあるなら聞くよ」

玲司《れいじ》さんは冗談めかして言ったのだと思う。でも黒田さんは急に真顔になった。一度僕に目を向け、それから玲司さんに視線を戻す。

「……そうだな。もう俺も立場気にしなくていいんだ。一曲頼むか」

僕らはちょっと驚いて顔を見合わせる。

「ポリスやってくれ。そこの小野寺《おのでら》君にこないだ演ってもらったんだが、やっぱりベースがないとな。玲司、今日背負ってるそれベースだろ？」

玲司さんは笑《え》みを消す。

「あの曲、嫌いだったんじゃねえのか」

「大嫌いだよ」

しばらく黙《だま》り込んでから、玲司さんは肩のギターケースを下ろした。僕に目配せする。僕も黒田さんの渋面《じゅうめん》をちらちら見ながらケースを開いてES‐335を取り出す。淳吾《じゅんご》さんはカホンを道路脇《わき》に置いて腰を据《す》えた。アレンさんもヴァイオリンを出して愛《いと》おしそうに胴体の曲線を指でなぞり、調弦《ちょうげん》を始める。

「ハル、おまえがポリスの方を歌え。ベースだけで始めるからてきとうに合わせろ」

「……え？」

僕は首を傾《かし》げる。ポ、リ、ス、の、方、を歌え、というのはどういうことだろう？

僕らのセッティングを待たず、玲司さんはプレシジョンベースをミニアンプにつなぐと、爪《つま》先《さき》で4カウントをとり、リズムの歩みを始める。

そのフレーズに、僕はチューニングする手を止め、唖然《あぜん》として玲司さんの横顔を見つめる。ポリスじゃない。『見つめていたい』の無機質な8ビートの刻みじゃない。まったくべつの曲だ。なんの曲なのかもすぐにわかる。その場のだれにもわかっただろう。そんな歌が――ベースラインをほんの二小節ぶん聴いただけで乾いた荒野の線路がありありと心に浮かび上がるような歌が、他にあるわけがない。

ベン・E・キングの『スタンド・バイ・ミー』だ。

どうして？

僕はES‐335の弦を指先でたしかめながらコードを頭の中でたどり、理解する。同じなのだ。『見つめていたい』と『スタンド・バイ・ミー』の和声進行、それからキーまでも、完全に一致するのだ。

玲司《れいじ》さんのベースに、やがて街のざわめきを踏《ふ》み散らすようなビートが加わる。淳吾《じゅんご》さんの手のひらがカホンの側面で踊っている。腹の底に響くキックから火花と消えるスプラッシュまでが、魔法の箱から弾《はじ》き出される。

僕はミニアンプのボリュームをいっぱいにした。玲司さんとまた目が合う。

おまえがポリスの方を歌え。彼は声にせずにもう一度語りかけてくる。

おまえのそばで、俺はキングを歌うから。

汗でぬめる指先をジーンズでぬぐい、ピックを握り直す。うまくいくだろうか。僕らは融《と》け合うことができるだろうか？　心の中の鼓動《こどう》にそっと指を委《ゆだ》ねる。ミュートされた9thコードのアルペジオは、ベースに優しく支えられた今、裏路地を歩く野良《のら》猫の足音みたいだ。

使い古され、汗の染みついた循環進行。一巡りを数え、僕はそっと歌い出す。わずかに歩調をずらして玲司さんの声が僕の旋律《せんりつ》の空白を埋める。彼が少年の声で問いかけてくる。夜がやってきてあたりが闇《やみ》に包まれ、照らすものが月明かりばかりになっても——怖くない。怖くないよ。あなたがそばにいてくれるから。

そうだよね？

僕《ポリス》は答える。きみの吐《と》息《いき》のひとつひとつも。きみのしぐさのひとつひとつも。きみが壊してしまった絆《きずな》も、きみの歩む跡も、ずっと見守っていよう。一日も休むことなく、きみの言葉も、きみの戦いも、きみの過ごすどんな夜も、僕は見守っていよう……

二つの歌はせめぎ合い、ときにぶつかり合いながらも、同じ流れの中で離れることなく移ろい、呼びかけを交《か》わす。奇蹟《きせき》なんかじゃない。同じように熱く震える井戸の底から汲《く》み上げた和声と旋律は、どれだけの時間と空間を隔《へだ》てていたってときに完璧に混じり合うことがある。だから音楽は時代も国境もたやすく越えられるのだ。

警察《ポリス》の歌だ。黒田《くろだ》さんはそう言っていた。その通りだ。あなたがそう受け取ったなら、これはあなたの歌だ。この池袋《いけぶくろ》の街でいつも僕らのそばに立ち、僕らの無責任で取るに足らない汗まみれの毎日を見つめ、守ってきてくれたあなたたちフクロウの歌だ。

歌が途切れ、アレンさんのヴァイオリンソロが息の長い旋律を響かせる中、僕は小止《こや》みなくアルペッジョのリフを刻みながら黒田さんの顔をちらとうかがう。長い年月の疲労が刻んだ深い皺《しわ》は車のヘッドライトと店頭の照明を受けて濃い陰影をつくっている。目は交差点の向かいのサンシャイン60通りの人混みにじっと向けられたままだ。彼が止まり木からずっと見守ってきた街と人々とに。

リフレインで僕の歌声に淳吾さんのそれが重なる。気づけば大勢の通行人が横断歩道の渡り口に立ち止まって僕らを取り囲んで聴き入っている。交番から出てきた警官の制帽も人垣《ひとがき》の向こうにちらと見えた気がする。

歌い終え、拍手が車の音を押しのけて鳴り渡っても、黒田さんは僕らの方を見ようともしなかった。表情もよくわからなかった。

信号が変わり、五叉路《ごさろ》に歩行者があふれ出す。無数の足音が、話し声と笑いと電子音が、池《いけ》袋《ぶくろ》の気忙《きぜわ》しい夜に散らばっていく。

「……じゃあな。クソありがとうよ」

黒田《くろだ》さんはそう言って花束を持った手をぶっきらぼうに振り、ついに僕らに顔を向けないまま歩き出してしまう。そのいかつい背中は交差点を渡りきり、サンシャイン60通りにごった返す人の群れの中に呑《の》み込まれて見えなくなる。

僕らはじっと立ち尽《つ》くして、老警官を見送った。

集まった観客たちが手拍子を始め、次の曲をせがんだ。でも僕も玲司《れいじ》さんも、淳吾《じゅんご》さんも、アレンさんも、応えなかった。そちらを見もしなかった。信号が切り替わってまた車の群れが僕らの目を遮っても、まだ通りの向こうを見つめていた。その夜ばかりは、僕らはたった一人のためだけに歌ったからだ。

§

その後、黒田さんを池袋《いけぶくろ》で見かけることはなかった。

淳吾さんが仕入れてきてくれた情報によれば、四国《しこく》にいる娘夫婦のところに移り住んで静養しているのだという。肺をずいぶん悪くしていたらしく、空気の汚い都会からは離れたかったのだろう。黒田さんが東京にいないというのはなんだか不思議に感じた。グリーン大通りの交番の前を通りかかるとき、きまってあのごま塩頭を思い出してしまうからだ。二階の丸窓の眼《め》を見上げると、あのどろりとした目で見張られている気分になってくる。僕らの息づかいのひとつひとつまでも。

ポリスは他にも何曲か練習してレパートリーに加えた。『見つめていたい』を歌うときは、いつも心の中でもうひとつの歌を鳴らすようになった。前よりも少しこの歌が好きになれたような気がした。あの人もそうであってくれればいいと思う。大きなフクロウの見守る賑々《にぎにぎ》しい交差点で、僕は夜ごとそうやって歌い続けている。

野良猫は明日を知らない

E a s t I k e b u k u r o
S t r a y C a t s

サンシャイン60の展望台にのぼると、池袋《いけぶくろ》の街並みが見渡せる。街の真ん中を南北に流れる泥の河みたいな線路、ロータリーに渦巻《うずま》く人混みと車、目を上げれば新宿《しんじゅく》副都心のスモッグに霞《かす》む摩天楼《まてんろう》や、さらに遠くの東京タワーまで見える。

けれど、それほどの高みからでは、足下《あしもと》の薄暗い公園はサンシャイン自身に遮られて見えない。涸《か》れ果てた噴水のそばで落ち葉にまみれて眠るホームレスたちも、腹を空《す》かせてうろつく野良猫《ストレイキャッツ》たちも。

遠くを見ようとすればすぐ近くが目に入らなくなる。星を見上げていれば道ばたの石ころには気づかなくなる。僕らひとりひとりが気に掛けていられる範囲はあまりにも狭く、限定的で、だから僕らは野良《のら》猫どうし街の片隅に集まって、お互いにまるで関心がないようなそぶりをしながら、肩を寄せ合っている。だれかが僕のために泣いて、僕はだれかのために歌っている。たぶんそんなつながりが万も億も重なって、街とか国とかをつくっているのだろう。複雑なものの実際は単純で、単純なものの正体は複雑なのだ。一滴の水だって数え切れないほどの分子の集まりだし、地球だって火星あたりから眺《なが》めれば一粒の涙にしか見えないのだから。

§

かつての僕は生きているミュージシャンの音楽にはまるで興味がなかったから、小峰由羽《こみねゆう》、という歌手はテレビで何度か見ただけで、曲もほとんど知らず、ヒットシングルのコーラスの旋律《せんりつ》をおぼろげに思い出せるくらいだった。日本の音楽業界における最高記録だの最年少記録だのをごろごろ持っていると聞かされてもいまいちぴんとこない。僕にとって彼女は小峰由羽ではなく「ミウ」で、スポットライトではなくくすんだ街灯を浴びて、隣でいつも不機嫌《ふきげん》そうな顔をして僕のギターと歌を聴いている細っこい女の子だ。

多忙なはずの彼女がどうして夜な夜な池袋東口のストリートミュージシャンなどを物色して回っているのか、だれも知らない。僕も池袋に来るようになった当初は驚いたし疑問に思ったけれど、突っ込んでは訊《き》けなかった。だって、僕自身、なぜ池袋に流れ着いたのか訊《たず》ねられたら説明に困る。ミウだってきっと同じだ。

とはいえ彼女はミュージシャンだし、僕らの間の会話は音楽のことばかりだから、話題が転がっていくうちに小峰由羽としての彼女にふと触れてしまうことだってある。

「ハルはなんでES‐335なんて使ってるの」

終電が近づき人気《ひとけ》の少なくなった西武《せいぶ》デパート前で僕が愛用の真っ赤なセミアコースティッ

クを爪弾《つまび》いていると、隣にしゃがんだミウがそう訊《き》いてくる。

「中年になってから弾くギターでしょ、それ。ハルはただでさえちびでやせっぽちなんだし、全然似合ってないよ」

「はっきり言わないでよ……」

僕は苦笑して、鈍《にぶ》く光るボディを指でなぞる。ＥＳ‐３３５は野生の牛を思わせる巨体のギターだ。僕なんかが座って弾くと胸までほとんど隠れてしまうくらい大きい。たしかに見た目ですでにギター負けしているかもしれない。

「拾ったんだよ」と僕は正直に答えた。「これしか持ってないし、これ弾くしかないだろ」

ほんとうはもっと切実な理由があった。いちばん好きだったギタリストが使っていた楽器なのだ。

キース・ムーアというそのギタリストは、もうこの世にいない。カリフォルニアのハイウェイをＢＭＷでぶっ飛ばしている最中に街路樹に激突してばらばらになって死んだ。彼も、まだ中年なんていえる歳《とし》じゃなかったはずだ。

「中年になるまでギター弾いてられるかな。っていうか、中年になんてなれるのかな……」

ギターのチューニングを直しながらつぶやく。自分が歳をとっていくところが想像できないのだ。でもミウは唇《くちびる》を尖《とが》らせて言う。

「歳なんてだれでもとれるよ。ハルなんてぼーっとしてるうちによぼよぼのおじいさんになってるよ」

「ぼーっとしてたら飢え死にだろ。親だって僕なんてさっさと追い出したがってるだろうし、お金稼がなきゃ……」

「稼いでるじゃん」

ミウは開けっぱなしのギターケースを爪先《つまさき》でつっつく。千円札が四枚とコインが何枚か入っている。酔っ払いのおじさんたちが入れていってくれたものだ。最近、札の比率も少しずつ増えてきた。

「こんなの、ミウの稼ぎに較べたら……」

言ってしまってから口をつぐむ。しまったな、と思いながら、ちらとミウの横顔をうかがう。常時機嫌《きげん》が悪そうな娘《こ》なので今の発言に怒っているのかどうかよくわからない。

「……ごめん」

僕が謝るとミウはますますむすっとした顔になる。

「なんで謝るの」

「……いや、ううん……」

考えてみれば謝る理由もないので僕はますます縮《ちぢ》こまる。

「べつに気にしてない。だれも訊かないから言わないだけ」とミウは言う。夜が深まってきたせいで、琥珀《こはく》色のサングラス越しの目に浮かぶ表情は読めない。

「そっか。……じゃあ、ええと、どれくらい稼いでるの?」

ミウは僕の太ももを思いっきり殴《なぐ》った。僕はガードレールから転げ落ちそうになった。

「信じらんない! なんで訊《き》くわけ?」

「訊かれたら言うって意味じゃないのかよ……」

僕は脚をさすりながらうめく。

「去年六億円稼いだって教えたらハルはなにか嬉《うれ》しいわけっ?」

「い、いや……べつに……ただちょっとした好奇心だよ……」

六億円、と僕は思う。想像もつかない額だ。全部現金にしたらこのギターケースいくつぶんくらいになるのだろう?

「ただの数字だよ」

ミウはデパートのシャッターを見つめてつぶやく。

「なんの意味もない。わたしは、ただ曲作って、あちこち回って歌ってるだけ。六百円でも六千円でも変わらない」

彼女の口調に僕は、ただの疲労ではなく、もっと奥深く染み込んだ絶望みたいなものを嗅《か》ぎ取ってしまう。だから、余計なお世話だとは知りつつも、言葉を探す。

「……六億円って、百万人とかそれくらいが払ってくれたお金だよね。それだけの人がミウの歌で感動してくれたってことだよね。……意味がないってことは……ないんじゃないかな」

ミウの横顔をうかがうと、彼女はいつの間にかサングラスを外していて、くっきりと強い光を灯《とも》した目で僕を見つめてきている。

僕は息を詰め、膝《ひざ》の上でギターを伏せる。

やがて彼女はなんだか恥《は》ずかしそうに目をそらした。

「ハルは、ほんと、単純だよね」

「……ごめん」

「だから、なんで謝るの」

「いや、だって」

「怒ってないの。ほめてるの」

「全然そう聞こえないんだけど……」

ミウはガードレールに片足を引っぱりあげ、膝に頰《ほほ》を押し当てる。

「わたしもそんなふうに単純でいられたらよかった」

「だから全然ほめてるように聞こえないんだけど……」

「歌って、聴かせて、拍手もらって、リクエストもらって、また歌って……そういう繰り返しだけでよかったのに」

僕はミウの潰《つぶ》れかけた横顔を見つめる。

ミウが夜ごと池袋《いけぶくろ》東口に現れて道ばたの歌に耳を傾けているのは、ひょっとすると、僕らがうらやましいからだろうか。

うらやましい？

僕は自嘲《じちょう》する。ミウみたいなトップアーティストが歩道にへばりついて小銭稼ぎをしている下手《へた》くそなアマチュアをうらやましがるだって？

でも、ミウがこんなに自分のことを話してくれたのははじめてだった。まわりに客も他のパフォーマーも通行人さえもいないせいだろうか。

「もう、……おんなじような曲作ってばっかりだし。ヒットさせるためにはしょうがないって、無理矢理……」

ミウの声はだんだんと細く萎《しお》れていく。

「ライヴだって、最近はもう……歌っててもみんなの顔なんて見えないし。ドームなんて。あんなの野球やるところでしょ、歌う場所じゃない。ばかみたい。なんでみんなチケット買う気になるんだろう。わたしの歌なんてほんとは聴いてないいんじゃないのって思う」

そんなことないよ、と僕は言おうとして、軽々しいその言葉を呑《の》み込む。顔も見えない何百万人もの相手に歌を届けようとしたことなんてないのだから。

「……って、今週からツアーって言ってなかったっけ？」

ふと思い出して訊《き》いてみると、ミウは小さくうなずく。

「明日から札幌《さっぽろ》」

「明日からっ？　こんなとこいていいのっ？　もう日付変わってるけど」

「ほんとは前乗りで今日の飛行機だったけど嫌《いや》だって言って明日にした」

「だ、だから、もう帰らなきゃまずいんじゃないの？」

「わかってる」

　ミウはそう言ったきり、あっちを向いてしまった。パーカーのフードのせいで顔どころか髪もまったく見えなくなる。僕は弱り果てる。

「わかってる、って……だから、あの、帰らないと」

「わかってるって言ってるでしょ！　ハルのばか！」

　ミウはいきなり顔を上げて怒鳴り、ガードレールから飛び降りた。タクシー乗り場の方に駆《か》けていくとき、フードが外れ、短い柔らかな髪が夜風にさらされる。ああ、やっぱり女の子なんだな……と僕はなんだか場違いなことを考えながらミウの背中を見送る。彼女をのせたタクシーは深夜割り増しされたどぎつい光の筋を残して走り去る。

　肩を落として、ギターストラップを肩から外す。ネックが手汗でじっとりと濡《ぬ》れていた。ミウの抱《かか》えていた不安を実感できないことが哀しかった。せっかくあんなにたくさん話してくれたのに、僕は無粋《ぶすい》で現実的な心配をして彼女を怒らせただけだ。

　自分の歌がだれにも届いていないかもしれないという不安。

　僕はどうだろう。

考えたこともなかった。そもそも自分のためにしか歌っていない。それから、もう歌えなくなってしまったキースのため。ミウはさっきまで肩も触れあいそうなほどすぐ隣に座っていたけれど、僕らの間には地球一周ぶんくらいの距離が横たわってたのだ。

それで、ハル、彼女のいる場所におまえも行ってみたいのか？

こぼれた独り言の自問は僕の手のひらを通り抜けて、まだ熱の残るアスファルトに落ちてじんわりと染み込んでいく。わからない。

ギターをケースに押し込もうとして、入っていた小銭のことを思い出し、拾い上げる。

四千八百円。

六億との差が、そのままミウとの距離だろうか。

くしゃくしゃにしてポケットにねじ込むと、僕はギターケースを閉じた。どこかでパトカーのサイレンが聞こえた。新宿《しんじゅく》・渋谷《しぶや》方面行き最終列車を告げるアナウンスも、熱のこもった地面伝いにかすかに聞こえてきた。

§

家に帰ったときは午前二時半で、驚いたことに居間の明かりがついていた。父がひとりでダイニングテーブルに座って、つまらなそうな顔でテレビのつまらなそうな通販番組を眺《なが》めていた。僕がギターを肩にかけたまま台所に行くと、眼鏡《めがね》の厚いレンズの向こうで父の目はほんの数ミリだけ僕を追いかけた。

ペットボトルの底に残っていた烏龍茶《ウーロンちゃ》を飲み干して、寝室に引きあげようと再び居間を横切ったとき、父がふと「春人《はると》」と僕を呼び止めた。よっぽど聞こえなかったふりをしてそのまま出ていこうかと思ったけれど、僕はドアの前で立ち止まって次の言葉を待つ。しばらくは、新型ハンディクリーナーの性能と安さをほめたたえるうそ寒い宣伝文句がテレビから聞こえてくるだけだった。通販会社の社長がさあ次の商品はこちらです、と言い始めたところで僕はいよいよ不安になって肩越しにちらと父をうかがった。

「……金は、あるのか」

父がようやく続けたのはそんな言葉だった。僕は安堵《あんど》していいのか拍子抜けするべきなのかもよくわからなかった。ただ小さくうなずく。

「そうか。……まだ、池袋《いけぶくろ》に通ってるのか」

僕は再びうなずく。

「こんな遅くまで歩き回っていたら警察に補導されるだろう。気をつけなさい」

うなずくことしかできない。父がさらになにか言おうとして、口ごもり、またテレビの方を向いてしまう。

僕は頭を下げ、居間を出た。

寝室に入ってギターを背負ったままベッドに倒れ込む。

補導されるから気をつけなさい、か。心配されるようになっただけ、いくらか進歩だといっていいのだろうか。

最後に父が怒鳴ったのはいつだったろう？

高校に入ってからひきこもり生活に逆戻りしたときには、すでに父の顔にはあきらめの色しかなかった。僕が高校を受験して合格したというひとときの希望を見せてしまったせいで、その後に訪れた再度の転落は怒《いか》りさえも根こそぎ奪《うば》ってしまったのだろう。

親を恨めたらどんなに楽だろう、と思う。

自分じゃないだれかのせいにできたら、もっと気安く生きられた。太陽の下も歩けたかもしれない。でも、僕にはちゃんとわかっている。他のだれのせいでもなく、僕が悪い。僕が僕自身をこのあなぐらに追い込んだのだ。

眠気が這《は》い寄ってくるのを感じて僕はギターケースを毛布の上に転がす。

父は最後、なにか言おうとしていた。たぶん、「おまえはこれからどうするんだ？」とかそんなようなことだ。

僕の「これから」なんて、そもそも存在するんだろうか。この冬あたり、池袋の路上でギターを抱《かか》えたまま凍《こご》え死んでいるんじゃないだろうか。それとも、夜ごと千円二千円を酔っ払いからひねってもらう生活が僕の「これから」なんだろうか。どちらもまったくリアリティがなかった。

僕はポケットに手を這《は》わせ、そのときの自分が触れられるわずかなリアルである四千八百円を握りしめ、そのまま眠りに落ちた。

§

翌日、その四千八百円を持ってレコード店に行った僕は、小峰由羽《こみねゆう》のアルバム二枚を買った。彼女の歌はテレビや街頭で断片的に耳にしたことがあるだけだったので、一度ちゃんと聴いてみようと思い立ったのだ。少しは彼女のことが理解できるかもしれない。

家に戻ってきて、CDのラッピングをはがす。この瞬間《しゅんかん》の昂揚《こうよう》は、やっぱりなにものにも代えがたい。

アルバムのジャケット写真でカメラに向かって微笑《ほほえ》むミウは、別人じゃないかと思うくらい大人びていた。でも、たしかに彼女だ。狩りを思い出した猫みたいな眼《め》の光だけは、どんなに着飾っても化粧しても隠せない。

生きているミュージシャンのCDを買うなんてほんとうに久しぶりだった。いつ以来だろう。そう、去年のはじめ、キースのバンドの最新アルバムを――つまりはキースの遺作を――買ったのが最後だ。こんな形で僕のCDラックに生命の気配が戻ってくるなんて思わなかった。

ディスクをデッキに入れるとき、わけもなく緊張してしまう。どうしても、僕の演奏を隣で聴いているときのミウの険しい目つきを思い出してしまうので、ジャケットを裏返して顔が見えないようにする。

ヘッドフォンをかぶった。

安っぽい電子ピアノとリズムマシーンが時限爆弾みたいに時を刻む。やがてギターがかぶさり、シンバルが弾《はじ》け、生ドラムのビートがチープな繰り返しにとってかわる。

ミウの——いや、小峰由羽の歌声は、僕を奇妙《きみよう》な静けさの中に引きずり込んでいった。音楽が耳の中でずっと鳴り響いているのに静寂がやってくるという不思議さを、感じる余裕もなかった。深く澄んだ湖に落ちたような気分だった。どこまでも透明なのに、沈むにつれて水は冷たく暗く僕の意識を浸《ひた》していく。底は見えない。やがて重力さえも僕のまわりから消える。息を止めているはずなのに苦しさはやってこない。どうしてだろう。沈み続けて地球の裏側まで突き抜けてしまったのだろうか。

僕がヘッドフォンを外したとき、ＣＤはとっくに停止していた。指先まで歌の余《よ》韻《いん》で痺《しび》れていて、まぶたの汗をうまくぬぐえなかった。やっと呼吸することを思い出す。骨の芯《しん》まで熱がこもっているのがわかる。

どうしてもっと早く買って聴かなかったんだろう。

特別だった。

声も曲も、なにもかも。コードチェンジのときに左手の指がギターの弦《げん》をこする音や、フレーズの合間のかすかな息継ぎの音さえも。こんな音楽を生み出せる人間が、息づかいさえも感じられるほどの近くにいつもいたということが、しばらく信じられなかった。

興奮が耳の穴から流れ落ちていくのをじっと待つ。それから、ミウの痛ましい言葉のひとつひとつを思い出す。

僕のように感じる人々がこの国に百万人もいたから、六億円という途方もないお金がたった十七歳の少女のもとに転がり込んできたのだ。それなのに、どうしてミウはあんな暗渠《あんきょ》みたいな不安の中に迷い込んでしまったんだろう。

同じ曲ばかりつくっている、という彼女の言葉はたしかにその通りだった。セカンドアルバムも通して聴いてみたけれど、ものすごく似通った曲が何曲もあった。でもそれは客の求めに応えた結果じゃないのか。僕だってリクエストが偏《かたよ》ったせいで一晩に三十回くらいプレスリーを歌わされたこともある。

二枚のアルバムを三回ずつ聴き終えた後で、ケースをひっくり返してジャケットの写真にもう一度目を落とす。夏と冬の景色の中からそれぞれ小峰由羽《こみねゆう》が優しく微笑《ほほえ》みかけてきている。恵まれた者の贅沢《ぜいたく》な悩みじゃないか、という思いが僕の中で持ち上がる。そのつまらない考えを僕は頭を振って払い落とす。悩みなんてそもそもが恵まれた者の贅沢だ。僕のだってそうだ。ほんとうに恵まれていない人は悩むひまもなく飢えや病や銃弾で死んでいく。そんな悲惨《ひさん》な運命に思いを巡らせたところで悩みが消えるわけじゃない。彼らには彼らの、僕には僕の、ミウにはミウの戦場があるのだ。

§

「これからどうすんのか？　もちろん考えてるよ」

その夜、池袋《いけぶくろ》東口五叉路《ごさろ》に顔を出して、パーカッション準備中の淳吾《じゅんご》さんに訊《き》いてみたら、そう答えてくれた。

「三十歳までに芽が出なかったら、まあ、庭師だな」

「にわし……？」

「そう。造園技能士の２級もってんだよ、俺」

造園。あれって資格なんてあったのか。淳吾さんはぴかぴかに日焼けした偉丈夫で、手先も器用そうなので、なるほど庭師といわれてみるとぴったりに思えてくる。

「玲司《れいじ》も店まかせてもらえそうなんだろ？」

隣で植え込みの縁に座ってギターのチューニングをしていた玲司さんに淳吾さんは話を向ける。玲司さんは迷惑そうな目を上げた。

「かもな。最近は買い付けもやってるし。先のことなんざ知らないが」

「玲司《れいじ》は何歳まで頑張るつもりなん？」

軽い口調で言う淳吾《じゅんご》さんを玲司さんは斜めににらむ。

「そんなのべつに決めてねえよ。どうだっていいだろ」

「よくないだろ、俺らコンビだろうが」

「どっちかが音楽《これ》やめたらコンビが自然解消になるだけだろ。なんか話しとかなきゃいけない理由があンのか？」

淳吾さんは苦い顔になって僕に耳打ちしてきた。

「おい聞いたかハル。あれが相方に言うせりふかよ？」

僕は苦笑するしかない。

「でも、二人ともちゃんとプロ目指してるってことですよね。……すごいですよ」

「夢みたいなこと言うならだれでもできる」と玲司さんは無愛想に言う。「ハル、おまえにだってできる」

「僕は……そんなの……」

膝《ひざ》の上のギターケースに目を落とし、言いよどむ。視界の端、毛氈《もうせん》の上に並べられた自主制作CDが目に入る。この二人は夢みたいなことを言ってるだけじゃなくて、ちゃんと実行しているのだ。

「ていうかハルはプロとかそういう気あんの？」

淳吾さんがカホンの箱内側の弦《げん》を張り直しながら訊《き》いてくる。僕はあわてて手をばたばた振った。

「無理ですよ。僕、そんなレベルじゃないです」

「ところが無理でもないんだ」と淳吾さんは少し冗談めかして言い、親指と人差し指と中指を順番に立ててみせる。「実力と運とコネ、三つ合わせて100あればプロになれるんだよ。どれか足りなくても大丈夫」

知り合いのプロデューサーがそう言っていたのだそうだ。僕にはどれもないので、なんの参考にもならない話だった。

「そのプロデューサーは、おまえは実力だけだと100に届いてないって言ってんだろ。得意げに披露《ひろう》するような話じゃねえだろが」

玲司さんの指摘はあいかわらず辛辣《しんらつ》だった。淳吾さんも苦笑して頭を搔《か》く。この二人はプロでやっていてもおかしくない才能があると僕は思うし、池袋《いけぶくろ》の路上には他にもそんな実力者がごろごろいるわけなのだが、みんな運とコネが足りてないってことなのか。

「そのプロデューサーさんとはコネがあるってことじゃないんですか」

「いや、まだそこまでの仲じゃないから。コネ育て中」と淳吾さん。

「俺の方もレコード会社のやつにイベントスタッフ手伝い頼まれてる。人数いくらでもほしいっつってたから淳吾も来るか。再来週の土曜だけど」

「行く行く」

玲司《れいじ》さんもコネ作りにけっこう熱心なんだな、と僕は意外に思う。もっとストイックに音楽だけやってる感じの人かと勝手に思っていたのだ。

「使えるもんはなんでも使うンだよ。当たり前じゃねえか」

玲司さんは僕をにらむ。僕は首をすくめた。それはそうだ。真剣に音楽をやるっていうのは音楽以外なにもやらないってことじゃない。

そこでふと思いついて言ってみる。

「ミウは……コネにならないんですか？」

すぐ近くにプロのミュージシャンがいるじゃないか。そっちのつながりは使わないんだろうか。

でも、玲司さんはおろか淳吾《じゅんご》さんまで、なにか道路に落ちている軍手でも眺《なが》めるような目つきを向けてきた。無神経なことを言ってしまったようだ。

「あいつは……そういうんじゃねえから」と玲司さんがつぶやく。

「そういうんじゃないな」淳吾さんもうなずく。

それ以上、つっこんで訊《き》けなかった。たぶん二人とも説明できなかっただろう。ミウは、そういうのではない、いないのだ。その曖昧《あいまい》な言葉がいちばんうまく語っている。ミウはミウとして池袋《いけぶくろ》にやってきているわけで、背後に様々なつながりを引きずっている小峰由羽《こみねゆう》として来ているわけではない……という理屈をつけてしまうと、なにかちがうような気がする。

「まあ、ミウがどういうつもりでここに来てんのかは知らねえけどな」

　玲司さんはそう付け加え、指慣らしのアルペジオを弾き始める。淳吾さんが小さくうなずき、カホンに腰掛けて細かいギャロップのリズムで玲司さんのギターにごく自然に併走《へいそう》する。僕はそれを聞くともなしに聞きながら、グリーン大通りを行き交《か》う車の群れの間にぼんやりと目を泳がせ、ミウのことを考えた。

　ミウをこの街の薄暗い吹き溜《だ》まりに追い立てたものがなにかを、だれも知らない。海の底に厚く降り積もった柔らかい砂のように、無関心がストリートを埋め尽《つ》くしているからだ。その砂に身をうずめていたからこそ、僕もミウもあれだけ近い距離で平気で言葉を交わせたのかもしれない。僕なんて他人の目にしじゅうびくついていて、ただの被害妄想《もうそう》で高校に行けなくなったくらい弱い人間なのだ。そのくせ、毎夜何十万人も往来する池袋《いけぶくろ》の駅前にしゃがみ込んでいると安心できる。だれも僕の中を覗《のぞ》こうとはしない。僕らの間に交わされるものは、音楽だけだ。

　でも、冷たすぎると感じるときもある。

　僕はただ逃げ込む場所を探してここにきたのだから、冷たさが心地よい。ミウはちがう気がする。ここでなにかを求めてもがいているように見える。玲司さんも淳吾さんも、ストリートに集まる他の人たちも、みんなミウの苦しげな様子を無視する。

僕の考えすぎだろうか?

だれかに肩を強く衝《つ》かれ、危《あや》うく車道に転げ落ちそうになる。いつの間にか僕のまわりには人だかりができていて、ギターとパーカッションの身を削り合うような激しいビートが横様に僕を掻《か》きむしる。UFJの二人が演奏を始めていたのだ。玲司《れいじ》さんの歌声にも気づかず、ミウのことばかり考えていた自分に驚く。

不思議なものだ。どうしてここまで彼女のことが気になるんだろう。

僕はiPhoneを取り出してネットで小峰由羽《こみねゆう》のコンサートスケジュールを調べてみた。およそ一ヶ月にわたる五大ドームツアー、合計十三回公演。最後の東京ドーム公演にいたってはなんと四日連続だ。しばらくは池袋《いけぶくろ》にも姿を見せないだろう。

もっとましな話をしておけばよかった。この間はだいぶろくでもない別れ際だった。次に逢えるのはいつだろう。一ヶ月は途方もなく長く思えた。

§

でもミウは次の週の金曜日に池袋に現れた。終電間近で、東口五叉路《ごさろ》も人通りが少なくなってきた時分だった。僕はそのときドコモ前広場の街路樹の下でES-335をギターケースにしまおうとしているところで、三角耳フード付きパーカーの細いシルエットが幅広の歩道の向こうからこっちにやってくるのを見て驚いた。ミウと小峰由羽が別人である可能性をかなり真剣に考えてしまったくらいだ。

僕の目の前までやってきたミウは、むっとした顔でちょっと視線をずらして言う。

「……なに？　じろじろ見て」

「い、いや、あの」

僕はまわりをうかがう。他にミウに気づいた人はいないようだった。マフラーを切ったバイクの一団がやかましく排気音を吹き散らしながら交差点を突っ切っていった。

「いまツアー中じゃないの？」

「札幌《さっぽろ》と福岡《ふくおか》はもう終わった」

「だから、明日から大阪《おおさか》で二日連続だろ？」

「な、なんでそんな日程まで知ってるの」

「次いつ逢えるのかなって思って調べたんだよ、来月かと思ってたから――」

ミウはいきなり真っ赤になり、僕に背を向け、首の両側に垂れたフードの紐《ひも》を指先でいじくり回した。なんだろう、なにがそんなに恥《は》ずかしいんだろう？

「……ハルは、……今日はもう終わりなの」

顔が見えていない状態で低めの声で言われると、やっぱりこの少女が小峰由羽なのだとわかる。ＣＤで何度も聴いたあの甘く苦いウィスパーと同じ声だ。

「うん。終電だし帰ろうかなって」

ミウの肩がわずかに落ちたような気がした。そのまま縮んでいって池袋《いけぶくろ》の蒸し暑い夜にまぎれて消えてしまいそうに思えて、僕はあわてて言った。

「……リクエストあるなら、一曲くらい演《や》るけど」

彼女はあいかわらず背中を見せたまま、スニーカーの爪先《つまさき》で足下《あしもと》のタイルに円や三角形をいくつも描《えが》いていた。やがてぽつりとリクエストが返ってくる。

「『トゥモロウ・ネヴァー・ノウズ』」

「……ミスチルの？」

「ビートルズの」

僕はため息をついた。あんなサイケデリックで特殊効果音飛び交《か》う曲を、ギター一本で路上で演れっていうのか。

真っ赤なギターのストラップを再び肩にかける。いつもの倍くらい重く感じられた。目を閉じる。

街の暑気の残り香が肌からひいていくのをじっと待つ。ウミネコの鳴き声みたいな逆回転テープ・ループの音を思い浮かべる。

胸の内側で、機関車のようなドラムパターンを走らせ始める。
3、2、1……

ピックを弦《げん》に沈み込ませた。ミウが僕を見た。頬《ほほ》がまだ色づいている。絶え間なく最低音をオクターヴで揺《ゆ》らめかせながら、ES‐335に染みついた野性をえぐり出すように深く荒っぽくコードを重ねる。指の背が剝《む》けて血がにじむのではないかと思うほど激しく。瞑想《めいそう》的な詞の断片をひとつひとつ思い出しながら、唇《くちびる》にのせる。心をオフにして、楽にして、流れに身を浮かべてみる。死ぬわけじゃない。死ではない。考えることをみんな投げ出して、虚無に身を委《ゆだ》ねてみる。それは輝いている。輝いている……。

僕の歌を聴いているのはミウだけだった。駅へと急ぐサラリーマンや連れ立って二軒目の相談をしている酔っ払い学生たちが何人もまわりを通り過ぎていった。だれも僕らに気づいていないように思えた。水の中で二人向かい合って、声にならない声でミウにずっと語りかけているみたいだった。

やがて詞が尽《つ》きた後も、際限なく繰り返される同じコード進行をどこで止めていいのかわからなかった。ミウが背中でじっと聴き入っていたからだ。

指がしびれ、ピックを落っことし、ようやく『トゥモロウ・ネヴァー・ノウズ』は終わった。深夜トラックの無骨な足音がリフレインの余韻《よいん》を跡形もなく踏《ふ》み散らしていった。

ピックを拾い上げ、ギターを肩から下ろし、ミウの言葉を待った。

やがて彼女は僕の隣に腰を下ろし、口を開く。

「ハルが、どうしてここに来るようになったのか、……訊《き》いてもいい？」

予想もしていなかった言葉だった。唾をぐっと飲み込んでから、目を伏せ、道路に黒々と落ちた自分の影のリアルな輪郭《りんかく》を確かめる。

話せるだろうか。今だから、相手がミウだから、うまく言葉にできるだろうか？

僕は語り始める。生きているミュージシャンの中で、僕が唯一《ゆいいつ》好きだったキース・ムーアのこと。彼もけっきょく死んでしまったこと。彼が使っていたのと同じ、この真っ赤なES-335を拾い、曲を作り始め、導かれるようにしてストリートにやってきたこと。

「たぶん、ここに来なかったら、僕は」

ギターのボディに穿たれた、f字型の孔《こう》を指でなぞる。

「どうしようもなくなってたと思う。あの頃の僕は、なんていうか、外に出たら心がほんとにばらばらになっちゃいそうな気がして、部屋に閉じこもってたんだ」

自分を抱《かか》え込んで守っているつもりだった手や指や爪が、けっきょく自分を傷つけて損なっているということに、あの頃は気づいていなかった。キースを喪《うしな》って、ようやく気づいた。

話し終えると、ミウは僕の顔から膝《ひざ》の上のギターへと視線を落とし、ネックを握ると、持ち上げて自分の膝に移した。

「……わたしは、もう、ばらばらだよ」

ミウの言葉に僕は息を呑《の》み、彼女の横顔を凝視し、なにか言おうとした。でもそのとき、細い指が弦《げん》に絡みつき、ミニアンプから刺々《とげとげ》しいリフを引きずり出す。

はじめて生で聴くミウの——小峰由羽《こみねゆう》の歌声は、僕の血管に直接注ぎ込まれ、内側から僕を灼《や》いた。煮えた蜜《みつ》の池に投げ込まれたみたいだ。息もできない。ほんとうに特別な、かけがえのない声。『トゥモロウ・ネヴァー・ノウズ』。ほんとうにさっきまで僕が歌っていたのと同じ歌なのだろうか。

歌い始めたときと同じように唐突《とうとつ》に、ミウは手を止めた。歌声の切れ端は油臭《くさ》い風にまみれて明治《めいじ》通りを新宿《しんじゆく》方面へと転がっていった。僕は息をつき、季節外れの寒気に身を震わせた。急に身体《からだ》に血が巡らなくなってしまったみたいだ。

ミウの膝の上で赤いギターが倒れる。ミニアンプが軋《きし》る。

「……最後の曲だね、これ」

だいぶ長い沈黙《ちんもく》の後で彼女はそれだけつぶやいた。

すぐに意味はわからなかった。

「アルバムの最後の曲ってこと？」と僕は訊《たず》ねた。『トゥモロウ・ネヴァー・ノウズ』は『リヴォルヴァー』のラストナンバーだ。でもミウは首を振った。

「そうじゃなくて。……ビートルズが生きてた頃の、最後の曲」

僕は首を傾《かし》げた。ますます意味がわからない。生きてた頃？　ビートルズの解散はもっと後だし、ジョン・レノンが死ぬのはさらに後だ。どういうこと？

言葉の先が再び沈黙に呑まれた。

しばらくしてミウがふと言った。

「ハル」

「なに?」

僕をじっと見つめる彼女の瞳《ひとみ》が街の灯《あかり》を映して揺《ゆ》らいだ。

「んん。なんでもない」

ミウはそう言うなり、ギターを僕の膝《ひざ》に突っ返した。僕がなにか言う間もなく彼女は立ち上がり、車道に一歩出て手を挙げてタクシーを止め、乗り込んでしまった。車窓におさまった彼女の姿は、呆然《ぼうぜん》としたままの僕の視界からあっという間に消えた。


今の僕になら、このときのミウの言っていた意味がわかる。

ビートルズが生きていた頃。それはつまり、彼らがまだライヴを演《や》っていた頃、という意味だ。スターダムにのぼりつめ、世界中をコンサートツアーで回っていたビートルズは、やがてくたびれ果て、演奏も聴かずに盛り上がる観客たちに嫌気《いやけ》が差し、ステージには二度と上がらないことを決意する。ライヴ・バンドから、スタジオにこもって録音作業に専念するアーティスティックなバンドに変わったのだ。その変化の境目につくられたアルバムが『リヴォルヴァー』であり、その最後の歌が『トゥモロウ・ネヴァー・ノウズ』だ。

それは死ぬことではない、とジョン・レノンは歌った。彼らはただ心をオフにして、リラックスして、流れに身を浮かべただけかもしれない。でもとにかくこの曲で「生きているビートルズ」は終わった。少なくともミウにとっては。

少し腹立たしい気持ちもある。

そんな遠回しで屁理屈《へりくつ》だらけのメッセージを押しつけられても、ジョンは困るだろう。僕だって困る。僕はまだ十五歳の、受け継いだギターの重みだけでいっぱいいっぱいになっている子供なのだ。

僕はこのときミウを引き留めるべきだったんだろう。タクシーに乗り込もうとするミウの腕をつかんで引っぱり戻して、二人で街路樹の下にしゃがみ込んで、残りのビートルズの曲をみんな歌って朝までの時間を潰《つぶ》して、それから一緒《いっしょ》に始発に乗ってどこかに行ってしまうべきだったのだろう。

みんな終わってしまった後で考えに考えてそれが正解だとわかるだけだ。そのときの僕には、走り去る車のテイルランプを見送ることしかできなかった。

§

小峰由羽《こみねゆう》のドームツアー中止を、僕はスポーツ新聞で知った。ビックカメラの向かいでホームレスのおじさんが拾い物の雑誌や新聞を並べて売っている前を通りかかったとき、過激な大見出しがちらと目に入ったのだ。びっくりしてネットで調べると、東京公演の一日目を終えたところで体調不良により以降すべてキャンセル、という公式アナウンスと、それに関する様々な流言が飛び交《か》っていた。実際にコンサートに行った人が、小峰由羽《こみねゆう》はたしかになんだかステージでも顔色が悪かった、とブログで書いていた。ドームの関係者用出入り口から救急車が走り去ったという目撃談もあった。僕はぞっとした。救急車？　どうやら入院したらしいという噂《うわさ》も広範囲に流れていた。

　胸がふさがれて、その夜はとても歌えそうになかった。

かといって、歩道の縁石に腰を下ろしてギターをケースのまま抱《かか》えていたってなんにもならない。ミウの連絡先も知らないし。

　二十二時頃にやってきた玲司《れいじ》さんは、僕の顔をちらと見て言った。

「ミウのニュース、見たか」

　僕がこわばった表情のままうなずくと、玲司さんは「そうか」とだけ言って、黙《だま》ってギターと譜面台のセッティングを始めた。それだけなのかよ、と僕は理不尽《りふじん》な憤《いきどお》りをおぼえた。でも、玲司さんにだってなにかできるわけでもないのだ。ミウの身にほんとうはなにが起きたのかさえ知らないのだし。

　僕はストリートの片隅で両膝《りょうひざ》を腹に押しつけ、排気ガスを顔に浴びながら、人混みの中に三角耳パーカーのシルエットを探した。現れるわけはないとわかっていても、そうせずにはいられなかった。

§

その男が僕の前に現れたのは次の日の夜だった。僕が三菱東京《みつびしとうきょう》ＵＦＪ銀行の前でギターケースを両脚にはさんでぼんやりロータリーの車たちを眺《なが》めていると、地下道の階段の方から近づいてくる人影があった。

「ハル……君？　春人《はると》君ですよね？」

呼ばれ、首を巡らせると、グレースーツ姿の若い男が立っていた。ストライプのネクタイをきっちり締めた折り目正しいかっこうだったけれど、サラリーマンにはとても見えなかった。ふわりと流した髪のセットのしかたがどうにも他人に見られることに慣れている感じを匂《にお》わせていたし、深刻そうに思い詰めた顔もどこか演技くさかった。

「そうですけど。……僕になにか用ですか」

訊《き》き返し、男をさらに観察する。歳《とし》は三十手前くらいだろうか。よく見ると目の隈《くま》がひどいのを化粧で隠している。男なのに。僕の警戒心がますます分厚くなる。

「あ、こういう者です」

男が差し出してきた名刺には、三橋真斗《みつはしまさと》、と書かれ、肩書きには音楽プロダクション会社の社名が添えられていた。僕は男の顔と名刺を見比べた。業界人だ。なるほど。

もう一度、社名に目を落とす。どこかで見憶えがある。たしか、小峰由羽《こみねゆう》の所属プロダクションじゃなかっただろうか。

「捜《さが》しました。よかった、早めに見つかって。有名人なんですね、デパート前で演《や》ってる人に訊《き》いたらすぐに教えてくれました」

僕は目をしばたたく。

「由羽のことでお話があるんです」と三橋さんは声を落とした。

ジュンク堂の斜向かいにある喫茶店に連れていかれた。自分からは絶対に入らないであろう、コーヒー一杯最低でも七百円するような店だ。アンティークのカップに注がれたコーヒーが運ばれてくる。僕は居心地悪く隣に立てかけたギターケースを何度もなでた。

ミウの話。プロダクションの人間が、どうしてわざわざ僕に？

「虫のいい話で申し訳ないが、これからお話しすることは他言無用願いたいんです」

三橋さんはコーヒーにまったく手をつけず、慎重に抑えた声で話を切り出した。

「春人《はると》君を信じてお話しするんです」

「なんで僕なんかを」

さっき道ばたではじめて逢ったばかりのガキ相手に、なにを信じるっていうんだろう。

「由羽が、春人君を信用していたからです。私も信用します」

僕は黙《だま》り込むしかない。

「私は、去年まで由羽のマネージャーをやっていたんです」

三橋さんの視線はコーヒーの湖面に落ちる。彼のかすかに沈痛そうな表情が琥珀《こはく》色の中に逆さまに映っている。

「わけあってマネージャーからは離れたんですが、今でも由羽に関しては私が仕切ってます」

「わけあって……？」

彼の形の良い眉《まゆ》が神経質そうに寄る。

「由羽の母親と揉《も》めてしまって、母親がうちの社長にクレームをつけてきたので、こじれないようにひとまずマネを外されたんですよ」

なんだか予想以上に面倒そうな話だった。

「由羽はまだ十七歳です。しばらくコンサートを中断して高校に通うべきだと、事務所も私も考えているのですが、母親が、つまり、稼ぎ時なので音楽に専念しろと言ってくるのです」

僕はため息をついて、カフェオレをそっと啜《すす》った。たしかにこれは大っぴらにできない話だ。

僕を信用して話す、だって？

「……ライヴ中止は、なにがあったんですか」

三橋《みつはし》さんの顔をうかがいながら訊《たず》ねてみる。

「アンコール一曲演《や》った後に倒れたんです。ただの貧血らしいんですが、大事を取って入院して検査しています」

「そう……ですか」

安堵《あんど》していいものかどうか、よくわからない。そんなに疲れがたまっていたのか。

「それで、春人《はると》君に訊《き》きたいことがあるんです」

僕は上目遣いで三橋さんを見た。まだ、この人がミウにとって敵なのか味方なのか測りかねていた。

「由羽《ゆう》はしょっちゅう池袋《いけぶくろ》にきて路上ライヴを聴いていましたよね？」

僕が答えずにいると、三橋さんは表情を崩す。

「大丈夫です、隠さなくても。前から知ってますから。息抜きのためには必要なことだと思って、とくになにも言わないでいたんです。たまに由羽のあとを尾《つ》けて様子を見にきたこともありました。春人君も何度か見かけてるんですよ」

そう言われても、やっぱりべらべら正直に喋《しゃべ》る気にはなれない。

「最後に由羽がここにきたのはいつですか？　たぶん、大阪《おおさか》公演の前日にふらっといなくなったので、そのときじゃないかと思うんですが」

「……わかってるなら僕に訊く必要ないじゃないですか」

どうしても棘《とげ》のある口調になってしまう。三橋さんは乾いた苦笑を漏《も》らす。

「わかってないんですよ」

そこでようやく彼は冷め切ったコーヒーを一口含んだ。

「私には、由羽のことはなんにもわかってないんです。ライヴはもう演《や》りたくないと言うから、しばらく活動休止して学校にでも行った方がいいと言ってみたら、それはいやだと言うんです。今やめたらこの先ずっと歌えなくなる気がする、と。母親の言う通りにしたいのかと訊いてみたら、それもいやだって言う。どうしたらいいのかわかりません」

わたしは、もう、ばらばらだよ。ミウの言葉を思い出す。

ミウ自身も、どうしたらいいのかわかっていないのかもしれない。

「由羽は、なにか話していませんでしたか。春人君にになら」

「だから、なんで僕なんですか」

「由羽が、春人君のことだけは話していたからです。池袋でなにをしているのか、どんな人と逢っているのか、他にはひとつも教えてくれなかったのに、……真っ赤なエレキギターを使って不思議な声で歌う二つ歳下《としした》の男の子のことだけは、話してくれたんです」

三橋さんはテーブルに身を乗り出す。

「お願いします。由羽に関することならなんでもいいんです。デビューからずっとマネージャーをやってきて恥《は》ずかしい話ですが、私はあの娘《こ》のことが全然わかってなかった」

はじめて彼の顔から仮面が消えた気がした。

でも僕は黙《だま》って首を振るしかなかった。たしかにミウはいくつか僕に大切なことの断片を話してくれた気がする。でもみんな謎《なぞ》めいていて、説明できない。僕はたしかに最後に逢ったあの夜、締めつけられそうな切実さを感じ取ったけれど、あれはミウのギターと歌声でなければ伝わらないだろう。

三橋《みつはし》さんと電話番号を交換して別れた。

「なにかあったら、……なにか思い出したら、いつでも電話をください」

そう言って頭を下げ、彼は西武《せいぶ》口の階段を駅地下通路の方へとおりていった。

グレイスーツの後ろ姿が見えなくなってしまった後で、僕は少しだけ悔《く》やんだ。ミウの入院先を教えてもらえばよかった。でもすぐにその考えを打ち消す。知ってどうするんだ。見舞いにいくのか。ミウは貧血でベッドに押し込められているところなんて僕に見られたくないだろうし。

僕はｉＰｈｏｎｅの液晶画面に表示された三橋さんの電話番号をにらんで、かなり長い間歩道に立ち尽《つ》くしていた。

とにかくミウの顔が見たかった。

§

夜更け過ぎ、家に戻ると、部屋のコンポの上に置きっぱなしにしていたCDジャケットの写真でミウが微笑《ほほえ》んでいた。僕はいっそう虚《うつ》ろな気持ちになった。これを撮影している間、彼女はいったいどんな思いで嘘《うそ》笑いを浮かべていたんだろう。

ヘッドフォンで耳を覆う。再生ボタンを押すと、彼女の歌声が僕をぴっちりと包み込む。ミウはこんなにも近くで僕にささやきかけているのに、ここにはいない。

オートリピートに設定すると、そのまま壁にもたれてしゃがみ込み、ミウの歌に意識を沈めた。冷たい水が僕の肺を満たしていく。目を閉じるとミウは泣き出しそうな顔で僕の隣にいて膝《ひざ》を抱《かか》えている。手を伸ばしても、なにも触れない。

でもじきに僕はそれに気づく。

最初は気のせいかと思った。何巡目のリピートだったかもう憶えていない。アルバムが終わってまた一曲目から再生が始まる。一時停止して、スキップして、確かめる。いったんヘッドフォンを外して口ずさむ。それでも確証が持てず、音符に起こしてみる。五線譜の上に書き付けてみて、ようやく僕の引っかかりは確信に変わる。

ミウを苦しめていたものの端っこは、これだろうか。

わたしは、もう、ばらばらだよ。

彼女の言葉が意識の奥でこだまして、首にかけたヘッドフォンから漏《も》れる遠い歌声と不調和に響き合う。

ばらばらだよ……。

§

三日後の二十二時頃、三橋《みつはし》さんから電話があった。僕はそのとき、玲司《れいじ》さんと淳吾《じゅんご》さんの二人と一緒《いっしょ》に交番向かいのマクドナルドで夕食を摂っている最中だった。

『ミウが病室からいなくなったんです』

三橋さんの切羽《せっぱ》詰まった感じの言葉に、僕はテーブルに立てかけていたギターケースを倒しそうになってしまった。

『GPS追跡していたらスマホの電源を途中で切られてしまったんですが、どうやら池袋《いけぶくろ》に行ったようなんです、そちらにいませんか？』

「い……いいえ、見てません」

『そう……そうですか』

憔悴《しょうすい》しきった声の間に奇妙《きみょう》な乾いた音が混じる。たぶん髪を掻《か》きむしっているのだ。

『まだ食事を受けつけなくて点滴中なんですよ、勝手に出ていくなんて、なにかあったら』

こっちでも捜《さが》します、なにかわかったら電話します、と言って僕は電話を切った。捜す？

どうやって？

途方に暮れて顔を上げ、ぎょっとする。玲司さんがこっちをにらんでいる。

「……ミウ、いなくなったって？」

通話が聞こえていたのか。僕はぎこちなくうなずく。

「……病院から、抜け出したみたいで……」

玲司さんが眉《まゆ》を寄せる。

「池袋に来てンのか」

「みたいです」

二人はいきなり同時に立ち上がった。

「淳吾はこっち側捜してくれ。俺は西口ざっと回ってくる」

「わかった。ハルはここにいろよ、通りを見ててくれ」

僕が返事する間もなく二人は店を出ていってしまった。二十分くらい後で淳吾さんが、それから少しして玲司さんが戻ってくる。

「いないよ。路上で演《や》れる場所は一通り回ったけど」

「見かけたってやつもいねえな」

淳吾さんと報告し合い、玲司さんは腕組みして僕の隣に腰を下ろした。

「俺らンとこにきたわけじゃねえのか。でも……池袋にはいるのか?」

玲司さんはしばらく独り言とも質問ともつかない言葉を口の中で転がした後で、顔を上げて僕に言った。

「ハル。さっきのやつにもっぺん電話しろ、ミウの服装聞き出せ」

「え？」

「着てる服だよ、わかんねえと捜《さが》せねえだろが」

僕はあわてて三橋《みつはし》さんに電話をかけた。彼は病院や付き添いのマネージャーなどあちこちに確認をとり、病室からなくなっていた服を特定して教えてくれた。玲司さんに伝えると、うなずいて電話を取り出し、ものすごい勢いで色んな人に電話をかけ始めた。

「交番前マックだ。今すぐ。……そう。……急ぎだ。口が堅いやつだけで頼む」

淳吾さんも同じだった。

「俺。……うんそう元気？　あのさあこれから暇？　人捜しなんだけど、馬鹿《ばか》ちげえよ、ちょっと説明めんどいんだけど、とにかくマックにいるからさ……」

しばらくして、僕らのいたフロアに玲司さんたちの知り合いが次々と集まってきた。西口繁華街にたむろしているような若者ばかりだ。

「玲司さん、五人連れてきました」

「だれ捜すンすか玲司さん」

「今メール回して集めてます、あと十人くらい動かせます」

「迷惑だろうが、下で待ってろ」と玲司さんは言って、またスマートフォンに目を落とす。

十五分くらい過ぎた頃には、マクドナルドの前には歩道の横幅をほとんど埋めてしまうほどの人数の若い男たちが集まっていた。百人はいるだろうか。警察官が何事かと心配して交番から出てきたくらいだ。僕は啞然《あぜん》としたまま窓からその集団を見下ろす。玲司さんと淳吾さんがそろって席を立ったので、あわててギターケースを持ち上げて二人の後に続いた。

玲司さんが歩道に出ていくと、集まった連中が一斉に小さく頭を下げた。沼のおもてが波打ったように見えて僕はぞくりとした。

「捜すのは女だ。見た目は中学生くらい」

ミウの髪型と人相と服装を玲司さんは簡単に説明し、声を落として付け加える。

「わけありだ。わかるな。話を広めたくねえ。派手に動くんじゃねえぞ」

男たちはそろって神妙《しんみょう》な面持《おもも》ちでうなずく。

「分担はメールで出した。一箇所潰《つぶ》したら必ず報告しろ」

玲司さんは集まった連中を見渡し、視線を駅の方へと投げた。それを合図に男たちは駆《か》け足で夜の池袋へと散っていく。暑苦しい風が、さっきまで大勢のたまっていた空隙《くうげき》に流れ込んできて渦《うず》を巻き、僕の前髪を掻《か》き乱す。

「俺、西口の方行くわ、玲司《れいじ》こっちでまとめ頼む」

淳吾《じゅんご》さんが言う。玲司さんはうなずき返す。

「もうちっと手がかりがありゃあなあ……ミウの行きそうなとこねえ……」と淳吾さんはぼやきながら、駅の方に走っていく。代わりにやってきたのは顔見知りの若い警察官だ。

「おい玲司、なんだ今の、おまえまたなにかやらかそうって――」

「ゴタじゃねえよ、ただの人捜《ひとさが》しだ」

玲司さんは警察官を交番に追い返し、またメールを打ち始める。僕はその隣で立ち尽《つ》くして見つめるばかりだ。

やっぱりこの人は、池袋《いけぶくろ》のストリートのボスなのだ。ほんの十五分であれだけの人数をかき集めて動かせるなんて。

ミウに冷たすぎる、なんて思っていた自分が恥《は》ずかしかった。この人は動くべきときとそうじゃないときをわきまえているだけだった。僕の方こそ、なんにもできないガキじゃないか。

ギターを肩にかけなおし、その重みを痛いほど確かめる。

「僕も捜します」

玲司さんは液晶画面から目を離さずに言う。

「勝手にしろ。……あずま通りの方はまだだれも回してねえからそっち行け」

僕はからからの声で礼を言うと、歩道を走り出した。

コンビニ、カフェ、ファストフード、書店、身ひとつの女の子が立ち寄れそうな場所を片っ端からあたり、ミウの姿がないのを確かめ、玲司さんにメールで報告する。あずま通りに面した店を一通り捜し終えたあたりで、肩に食い込むギターの重みが堪《た》えがたくなり、僕はミニストップの店頭にへたり込んで荒い息をついた。店内の明かりを背中から受け、駐輪場にギターケースの影が長く伸びる。僕自身の影は圧《お》し潰《つぶ》されそうだ。

こんなことしてて見つかるのか？

何百人が組織だって捜しているといっても、池袋はとてつもなく広くて入り組んでいて人が多い。砂漠に落っことした砂糖一粒を見つけろといっているようなものだ。一人でやろうが百人いようが絶望的なのにかわりはない。

なにか。なにか——手がかりはないのか。

だいたいミウはなぜ池袋に来た？　知り合いがいるから？　でもそれならどうして僕らの前に現れない？　それともただ人混みにまぎれたかったのか。

ｉＰｈｏｎｅを取り出し、ネットで小峰由羽《こみねゆう》についてまた検索してみる。入院したらしいという話はかなり広まっていたけれど、さすがに病院脱出して失踪《しっそう》したことまでは知られていなかった。心配する声と、コンサート中止に対しての怨嗟《えんさ》の声。

ふと僕は、その記事に目を留めた。

小峰由羽《こみねゆう》ライヴ中に倒れる、というネットニュースだ。まさに当日のライヴの様子の写真が掲載されている。ステージ上でスポットライトを浴びてマイク片手に笑うミウ。ピンク色のキャミソール、透明な肩紐《かたひも》、真っ白なホットパンツ。

三橋《みつはし》さんが教えてくれた、病院を抜け出したときの服装と一致する。

ステージ衣装だったのか。

コンサート中に倒れたのだから、その服のまま病院に担《かつ》ぎ込まれて、だからその服も病室に置きっぱなしになっていたわけだ。どうしてステージ衣装なんて着て出たんだろう。外に着ていける服がこれしかなかった？　……いや、三橋さんが特定に手間取っていたところからして、病室には他にも私服があったはずだ。ミウはあえてステージ衣装を選んで着て、池袋《いけぶくろ》にやってきた。

なにか——意味があるのか？

僕ははっとして、思いつきを確かめるために小峰由羽のファンのブログを片っ端から調べた。倒れた当日の公演を聴きにいった人の記事もたくさん見つかる。セットリストを載せているところもすぐに見つかった。

アンコール曲は、ビートルズの『トゥ・オブ・アス』だった——と書いてある。

その短い曲をギターの弾き語りで歌い終えた直後、小峰由羽はうずくまって動かなくなり、会場は騒然《そうぜん》となり、スタッフがやってきてステージから担《かつ》ぎ出された、と。

――『トゥ・オブ・アス』。

僕は玲司《れいじ》さんを電話で呼び出した。

『なんだ。見つかったか』

「い、いえ、でも」

興奮が喉《のど》に焼きついてうまく声が出ない。咳《せ》き込み、言葉を続ける。

「ミウがいる場所がわかった気がします」

電話口の向こうで玲司さんの喉が鳴るのがわかった。

「――どこかのビルの屋上です」

真っ暗な非常階段を駆《か》け上がっていく間も、肩のギターはいよいよきつく食い込み、腕がちぎれてしまうんじゃないかと思うほど痛んだ。階段をのぼりきると、緑色の非常灯がぼんやりと照らす鉄扉前の空間に、淳吾《じゅんご》さん、それから捜《さが》してくれていた何人かの姿があった。みんな僕を見て、背をもたせかけていた壁から身を離す。

「見つけられたこと、まだ気づいてないと思う」

淳吾《じゅんご》さんは肩越しに屋上への扉を見やって言う。

「飛び降りんじゃねえかってちょっと心配したけど、そんなんじゃなさそうだ。フェンスに寄っかかってじっとしてる」

「……なんで……」荒い息で僕の声はよじれている。「なんで、ここでたまってるんですか。早くつかまえて病院連れてかないと」

淳吾さんが珍しく険しい顔になった。

「馬鹿《ばか》か。そりゃハルの役目だろうが」

僕は肩で息をしながら、淳吾さんの目を見つめ返す。

「おまえでなきゃ見つけらんなかったんだぞ。あいつがだれかに助けてもらいたいと思ってんなら、ハル、おまえにだよ。俺らが出てったってしょうがねえよ」

そう言って淳吾さんは僕の肩を小突き、階段を下りていく。他の連中も同じように一発ずつ僕の肩に拳《こぶし》をくれ、淳吾さんに続く。足音が連なって暗闇《くらやみ》に沈んでいく。汗が冷えてくるのがわかる。僕はからからの喉《のど》に唾を押し込み、鉄扉を押し開いた。

地上の光に汚《よご》されてくすんだ池袋《いけぶくろ》の夜空と、テレクラや金券ショップのどぎつく光るビル看板が目に入る。排気ガスとラーメンとカレーと体臭《たいしゅう》の混じったむっとする風が僕を横から殴《なぐ》りつける。区役所の裏通りに面した小さなビルの屋上だ。コンクリートむき出しの床にはエアダクトや電線が這《は》い回り、タイルの隙間《すきま》にはびっしり苔《こけ》が生《は》えている。

フェンスをたどって右手を見やると、屋上の向こう端に寄りかかって夜空を見上げていたミウが、ゆっくりと視線を下ろして僕を見た。キャミソール姿なので両腕が肩から晒《さら》されていて、見ていると痛ましいくらい細い体つきだった。サングラスもフードもなしでいるとこんなにも儚《はかな》げな女の子だったのか、と思う。

「……ハル……？」

ミウがつぶやく。僕はよろけながら彼女に歩み寄る。三歩ぶんくらいの距離まで近づいたところで、彼女が泣き出しそうなのがわかって、立ち止まってしまう。

「……なんで……ここにいるって……わかったの」

ミウの声は震えている。まるっきり母親とはぐれた幼子だ。百万人を熱狂させてきたあの歌声と同じなんて、とても信じられない。ミウと小峰由羽《こみねゆう》も、ばらばらになりかけているのかもしれない。

「アンコール曲」

僕は言った。ミウの瞳《ひとみ》の中で光の粒が揺《ゆ》らめいた。

「ミウが演《や》った、アンコール曲。ビートルズの『トゥ・オブ・アス』。あれ、『レット・イット・ビー』の最初の曲だから。きっとビルの屋上だろう、って」

ミウは目を見開き、それから肩を落としてうつむく。

ビートルズはそのキャリアの半ばでコンサート活動を棄て、スタジオにこもった。けれどその後、一度だけ人々の前に姿を現し、ライヴを演《や》った。自社ビルの屋上で、許可もとらず、告知も行わず、唐突《とうとつ》に。ビートルズとしての原点に、生きているビートルズに戻ろう――という試みで行われたそのセッションは、皮肉にも彼らのラストアルバムとなった。

それが『レット・イット・ビー』だ。

真冬の風が吹きすさぶ屋上で、彼らは自分たちの歌声が聞こえたのだろうか。自分の歌声が人々にたしかに届くところを見届けられたのだろうか。

そして、同じように、生きている自分を取り戻そうとここにやってきたミウは、なにか見つけられたんだろうか？

「……ばかみたい」

ミウがつぶやいた。

「どこでもよかった。……できれば、やかましくて、人がまわりにいっぱいいて、わたしのことなんてだれも気づいてなくて、……そしたら、そしたら、なにか聞こえるかな、って。なにか見えるかな……って……」

「そんなことしなくたって」

僕は深い砂の中を泳ぐような気持ちで、手探《てさぐ》りのまま言葉を選ぶ。

「ミウは、ちゃんと生きてる。ミウの歌はちゃんと届いてるよ」

彼女は首を振った。

「もう、だいぶ前から……なんで演《や》ってるのかよくわからなくなっちゃった」

僕に背を向け、フェンスの網に両手の指をかける。

「小峰由羽《こみねゆう》なんてやつは、ほんとは、ずっと昔にだめになっちゃってるんだよ。それなのに、だれも気づいてないし」

そんなことない、と僕は言おうとした。他のだれもが気づかなくても、僕は気づいてる。でも、煤《すす》けて汚れた分厚い夜気の向こう側にいるミウにそんな言葉が届くとは思えなかった。

肩のギターケースを下ろし、蓋《ふた》を開く。ギターのボディの真紅《しんく》が僕のわずかな勇気を吹き熾《おこ》してくれる。ネックが指に痛いくらい重い。ミウが目を見開く。

「……ハル……？」

ES‐335でよかった、と思う。アンプを通していないセミアコのかすれた音が、足下《あしもと》を走る車たちのうめきにかき消されそうなほど弱々しい音が、この屋上にはふさわしく思えた。ひょっとしたら小峰由羽の最後のライヴになるかもしれない、このステージ。

息を止め、目を閉じ、最初のコードを風の中に探《さぐ》る。ばらばらの歌を組み替え、つなぎとめ、たぐり寄せる。

音が身体《からだ》の底の方からあふれてきて、指先から噴き出す。爪弾《つまび》く弦《げん》の痛みが灼《や》ける星になって風の中に飛び散り、心地よくさえある。僕の歌にあわせ、ミウの唇《くちびる》が言葉をなぞるのがわかる。彼女の曲だからだ。十四歳の彼女がミュージックシーンに叩《たた》きつけ、熱狂を巻き起こしたファーストシングル。

　コードが一巡りする。僕は息を継いで右手の爪を弦にこすりつけ、いっそう強くストロークを始める。ミウの目が大きく見開かれる。その唇だけは、僕の歌を無意識に追い続けている。そうだよ。これもきみの曲だ。この国のありとあらゆる記録を塗り替えたきみのセカンドシングルだ。あるべき場所に埋め込まれた今、いっそう深く熱く燃えている。どうして、とミウがフレーズの合間につぶやく。僕にはわかるんだ。僕だって歌を作る側の人間だから、わかってしまうんだ。つなぎ合わされた二つの歌が高まり、コーラスの旋律《せんりつ》を強く引きずり出す。きみの三つ目の歌だ。きみが血の一滴まで振り絞《しぼ》って出したサードシングル。

　いや——ひとつの歌だったんだ。そうだろう？　他のだれも気づかなくても僕にはわかる。こうしてきみの目の前で歌って、きみの唇が僕の足跡をたどってくるのを見て、確信できる。もともとひとつながりの歌だった。きみはそれをばらばらにして、三つそれぞれのコーラスに振り分けて、キーを変えて、AメロとBメロを埋めて、色とりどりのアレンジで飾り立てて、三曲に生まれ変わらせた。売るためだ。三倍売れればみんな三倍喜ぶ。母親も、会社も、スタッフたちも、ファンも、みんな三倍幸せになって、その何百万もの笑い顔の影できみは静かに枯れていった。他のだれのせいでもない。どうしようもない。きみをばらばらにしたのはきみ自身だ。思いついた良い旋律をいくつもの曲に分けて使うなんて、だれでもやっている。でもきみは自分でやったことが赦《ゆる》せなかった。焼けつくように濃い最高の一曲を炭酸水みたいに薄く舌触《したざわ》りのいい詩節《ヴァース》で割ってばらまいてしまったことが、赦《ゆる》せなかった。水増しにだれも気づかないことにさえ、絶望を深めた。どこまでも身勝手で、音楽を生み出す人間でなければ理解できない、なんの必要もない、些細《ささい》でつまらない、けれど逃れようのない罪悪感。償《つぐな》うこともできない。だってそれはそもそも罪でさえない。血の一滴も流れていない。

でも――

きみにとってそれが傷口なら、僕がこうして縫い合わせよう。だって僕にはその痛みがわかってしまうから。

気づくと、ミウは僕に背を向け、金網にしがみつき、額《ひたい》を押しつけている。肩が震えている。僕の指の間から歌がすり抜け、フェンスの向こうの夜風に巻かれて消えてしまう。

「……ミウ？」

呼ぶと、彼女のむき出しの肩がぴくりとなる。どうしたんだろう。

「ミウ？　あの――」

「こっち見ないで」

「え？」

「あっち向いてってば！」

怒鳴るミウが肩越しにわずかにこっちに向けた顔は、涙でぐちゃぐちゃだった。僕はあわてて ギターを腹に抱《かか》えてミウに背中を向ける。泣いているところを見られたくないのだとようやく気づく。

「ほんとうにもう、ハルはっ」

涙声でミウは言う。

「なんでそんなことにも気を遣えないのっ、音楽のことだけは犬みたいに嗅《か》ぎつけるくせに！ばか！」

それから鼻をすすり上げる音。コンクリートの上にうずくまるときの衣擦《きぬず》れの音。

「ごめん……」

「だいたい、コード進行ぜんぜんちがうし！　出だしはF♯マイナーなの、あとBメロのベースはずっとEで通すの！　わ、わたしのっ」

嗚咽《おえつ》混じりのミウの声に熱が戻ってくる。

「わたしのつくった曲は、ハルなんかがすぐ演《や》れるような簡単な曲じゃないんだから！」

僕は首をすくめる。そりゃあ、ほとんど僕の想像で復元したから、ミウの考えていた曲とはだいぶちがうだろう。

「悪かったよ。もっと精進《しょうじん》するよ……」

ギターをケースに戻そうとすると、ミウの尖《とが》った声がさらに飛んでくる。

「なんでしまうの。精進《しょうじん》するんでしょ。ちゃんと言った通りに弾き直して!」

僕はため息をつき、もう一度左手で弦《げん》の感触を確かめる。

「わかったよ。こんな感じ?」

じっとり汗で湿ったコンクリートの地べたに座り、僕は再びES-335の薄っぺらい空《うつ》ろなボディの中に歌を流し込む。さっきよりも注意深く、一針ずつ、一句ずつ、ばらばらだった歌の断片をつないでいく。ほんとうに、身を焦《こ》がすような歌だ。僕には眩《まぶ》しすぎる。

やがて、背中に重みが押しつけられる。体温と、遠い鼓動《こどう》が伝わってくる。ミウが僕に合わせて口ずさむ歌声さえも。

僕らは背中合わせで座り、みじめなビルの屋上から薄汚れた夜空に向かって歌い続けた。これを最後のステージになんてさせたくない、と僕は思った。ミウ、きみはこれからも自分を切り売りしていくんだ。きみがわけのわからない罪悪感の中に迷い込んでしまったのは、けっきょく音楽を棄てられないからだ。どこまで逃げても、歌い手であることからは逃げられなかったからだ。そしてきみの煌《きら》めく才能のまわりには何万人ぶんもの欲望と利害と生活がしっかりからみついていて、きみを何度でも引きむしり、ばらばらにするだろう。

でもそんなときは一匹の野良《のら》猫としてこの池袋《いけぶくろ》にやってくればいい。僕はここにいる。いつでもきみをつなぎ直してみせる。

歌い終えてからも、僕らはしばらく陶然《とうぜん》としていた。にじんだ汗と乾いた涙とが反応熱を生み出し続け、僕とミウをぼんやり包んでいた。僕の肩にミウの頭が預けられるのがわかった。鼓動もずっとおさまらず、歌の余韻《よいん》をどこまでもどこまでも追いかけてビートを刻んでいた。心配しただれかがiPhoneを鳴らして僕らを現実に引っぱり戻すまで、僕ら二人はそんな熱の中にいた。

§

もちろんミウは病《や》み上がりなのでそのまま貧血と脱水症状でぶっ倒れ、救急車で病院に逆戻りした。僕も同乗して病院まで付き添った。当たり前の話だが三橋《みつはし》さんが病院で待ち構えていて、感謝を述べつつ激怒するというとても器用なことをやってのけ、叱《しか》られている当人であるはずの僕は、おとなって大変なんだなあ、と他人事《ひとごと》みたいに思っていた。

「やはり由羽《ゆう》には、今後軽々しく池袋に行くなと言うことにします」

別れ際に彼は憤然《ふんぜん》とそんなことを言った。

その方がいいのだろうな、と病院から駅に向かうタクシーの中で考える。あの人の妙《みょう》な物わかりの良さはたぶん、ミウをこんがらがった場所に追い込んだ一因だ。母親には金儲《かねもう》けの道具として見られ、一方でプロダクションには母親みたいな心遣いをされる。氷を抱《かか》えて熱湯に放り込まれたみたいな生活だ。だれだって逃げ出したくなるだろう。

でも、ミウに逢《あ》えなくなるのか、と思うと、やっぱりものすごくつらかった。彼女だって、だれも気づかなかった僕の中のキースの声に気づいたのだ。僕にとってかけがえのない、痛みを分かち合える相手だったのだ。

「あれがマネージャーに小言食らったぐらいで懲《こ》りるタマかよ」

玲司《れいじ》さんはそんなことを言う。

「ほとぼりが冷めたらまた顔出すにきまってンだろ」

そうであってほしい、と僕も思う。

§

そうしてミウがいないまま夏が終わる。

十月に入り、夜が肌寒くなってくると、ストリートミュージシャンたちは越冬地を求める渡り鳥みたいに、風があまりあたらない場所、屋根のある場所へと移っていく。吹きさらしのドコモ前広場はだいぶ演奏スケジュールが寂しくなる。

僕はほとんど毎晩、街路樹の根元に腰を下ろして、新しい歌をつくり、常連客に冷やかされ、酔客にからまれ、警察官にぐちぐち説教され、指のまめを潰《つぶ》し、歌い続けた。三角耳フードのついたパーカーの女の子がポケットに手を突っ込んで不機嫌《ふきげん》そうにやってきて辛辣《しんらつ》な点数をつけてくれるのを待った。

　でもミウは現れなかった。

§

　再会はあまりにも意外な形だった。十一月はじめの月曜日の朝、両親ともが出かけてしまった後で僕がベッドに寝転がってぼんやりメロディを考えていると、iPhoneが鳴ったのだ。知らない番号だった。

『三橋《みつはし》さんに番号きいたの』

　ミウは言った。

　僕は心底驚いていて、「ぁ、あ」という声しか出てこなかった。

『それで今度、新曲レコーディングするんだけど、あのね、ハルがあのとき、ほら……屋上で、弾いたでしょ。わたしの曲。あのギターのアルペジオが、……なんか、使ってみたくなったから。ほら、こういうやつ』

　電話の向こうでミウがギターを爪弾《つまび》く。

『使ってもいいかって、一応、許可もらおうと思って。……ハル？　ねえハルってば、聞いてるの？　ぼーっとしてないで返事してよ！』

「あ、ああ、うん」

やっと声が出てきた。

「聞いてるよ。うん。使っていいよ。もともとミウの曲聴いてアレンジして考えたやつだし」

『そう』

素っ気なく言うミウの声に、変な熱を僕は感じる。

『それで、ちゃんとしたのをプロデューサーに聴かせたいから、……そのっ、今度また池袋《いけぶくろ》行くときにレコーダー持ってくから、ハルが弾いて』

「……え？　いや、べつにそんな、わざわざ僕が弾かなくてもいいだろ、だって今ミウも弾けてたじゃ——」

『い、いいでしょ！　ハルが弾くのっ』

ミウの怒鳴り声がきんきん響いたので、僕は閉口してiPhoneを耳から十五センチくらい離した。

『聴かせても恥《は》ずかしくないようにちゃんと練習しといて！　ハルは下手《へた》なんだから！』

電話は切れた。

僕はしばらくそれがほんとうに起きたことだと呑《の》み込めず、手のひらの中で黙《だま》り込んでしまったiPhoneをじっと見つめていた。着信履歴という現実が、たしかに残っていた。

ベッドに突っ伏す。

だれも見ていないのだけれど、顔がほころんでしまうのが恥ずかしかった。ミウが戻ってくるのだ。もう一度逢《あ》えるのだ。枕元のスタンドに立てていたＥＳ‐３３５を引っぱり寄せ、その重みを手の中で確かめた。間違いなく、そこにあるのは僕が触れられるリアルだった。

§

小峰由羽《こみねゆう》のニューシングルは、その年の暮れに発売された。

『I.E. Stray-Cats』という不思議な曲名の、頭の二文字がなにを意味しているのか、彼女はついに語らなかった。雑誌でもネットでも様々な憶測が乱れ飛んだけれど、正解はひとつもなかった。それが池袋東口の略であることは、僕ら野良猫《のら》しか知らない。

あとがき

本書は、電撃文庫MAGAZINEに不定期に掲載された四本の連作短編に書き下ろし一編を加えたものです。雑誌で読んでくださった方はあらためて文庫本で読んで「あれっ？」と思ったかもしれませんが、連載は第3話→第5話→第1話→第2話の順番でした。今回、第4話を書き下ろし、作中の時系列に沿って並べ替えてあります。

当初、『池袋《いけぶくろ》東口ストレイキャッツ』というタイトルにしていたのですが、これだと『口』がカタカナの『ロ』に読めてしまうという問題点に気づき、連載の途中から改題したという経緯があります。

このお話はもともと漫画原作の企画として立案したものです。そちらは別企画が通ることになり、こちらはけっきょく自分で小説として書くことにしました。自分の住んでいる街の話ですから楽だと思っていたのですが、意外にも具体的なイメージの浮かばない場所が多く、執筆中に何度も駅前に足を運ぶはめになってしまいました。

池袋に住んで、もう六年目になります。

かつて、池袋はストリートミュージシャンのメッカでした。夕暮れ時から駅の出口そばにそれぞれの楽器を抱《かか》えた夢あふれる若者たちが陣取《じんど》り、思い思いの歌を響かせていました。池袋に越してきたばかりの僕は健康にまるで気を遣わず毎晩飲み歩いている体たらくだったので、深夜に駅前を通ることも多く、実に様々な路上ライヴを目にしました。

ほとんどの演奏にはとくに惹《ひ》かれるものもなく、ただ通り過ぎるだけだったのですが、ある夜のこと、五叉路《ごさろ》の広場で演《や》っていた二人組の歌を耳にして僕は思わず足を止めました。粒立ちの良いビートでギターを掻《か》き鳴らすメインヴォーカルと、カホンを操《あやつ》りながら心地よく抜けるハーモニーを聴かせるコーラスという組み合わせでした。

歌声も、集まった聴衆の視線の温度も、あきらかに他とちがっていました。

何曲も聴き入った後で、僕は彼らが手売りしていたミニアルバムを買って帰りました。路上でふと耳にした音楽をもう一度聴きたいなんて思うのははじめてのことでした。

カケラバンク――という、不思議なコンビ名の二人です。

その時点ですでに三枚のミニアルバムを出していて、三枚目からはプロデュースのやり方が変わったのか、ぐんと音が良くなっていて驚いたのを憶えています。

彼らはやがて活動場所をストリートからライヴハウスへと移し、より広い世界に旅立っていきました。その後の活動を、僕はネット上でたまにチェックするだけになりました。iTunesで曲を買ったり、YouTubeでライヴの映像を観たりするくらいで、カケラバンクのことはだんだんと僕の中で薄らいでいきました。

しかし、ストリートミュージシャンの物語を描《えが》こうと決めたとき、僕が真っ先に思い出したのはカケラバンクのことでした。ギター＋カホンという形式のデュオを登場させたのはもちろん彼ら二人をモデルにしたためです。

雑誌掲載だったので、かなり長い間この小説とつきあうことになりました。取材と称して真夜中に駅前に出かけては、いるはずもないカケラバンクの二人の姿を捜《さが》しました。

けれど、今年はじめのことです。彼らの公式ブログで活動休止の発表を目にしました。

僕がこの小説の最終稿を書き上げた頃、カケラバンクの二人は吉祥寺《きちじょうじ》での最後のライヴを演《や》り終え、離ればなれとなりました。

間に合わなかったな、というのが正直な気持ちです。

休止前にこの本を出せていたとしてもなにが変わるわけでもないのですが、それでも、彼らがまだ二人で歌い続けている間に形にしたかったという想いがあります。

今、池袋《いけぶくろ》の路上にパフォーマーの姿はほとんどありません。警察の取り締まり方針が厳しくなったのか、あるいは他の原因があるのかはわかりませんが、にぎやかな夜の駅前を歩いていても歌声もギターの音も聞こえてこなくなりました。せめて物語の中では、彼らの歌が生き続けていてほしいと願います。

イラストレーターのくろでこさんには、電撃文庫MAGAZINE掲載時から素敵なイラストをたくさん寄せていただきました。ミウのパーカーの親指が出るようになっている袖がたいへんお気に入りです。担当編集の湯浅《ゆあさ》さまにも、企画始動当初から多大なるご迷惑をおかけしてしまいました。いつも支えてくださってありがとうございます。この場を借りて、厚く御礼申し上げます。

二〇一三年四月　杉井《すぎい》　光《ひかる》

◉杉井　光著作リスト

「火目の巫女」（電撃文庫）
「火目の巫女　巻ノ二」（同）
「火目の巫女　巻ノ三」（同）
「神様のメモ帳」（同）
「神様のメモ帳2」（同）
「神様のメモ帳3」（同）
「神様のメモ帳4」（同）
「神様のメモ帳5」（同）
「神様のメモ帳6」（同）
「神様のメモ帳7」（同）
「神様のメモ帳8」（同）
「さよならピアノソナタ」（同）

「さよならピアノソナタ2」（同）
「さよならピアノソナタ3」（同）
「さよならピアノソナタ4」（同）
「さよならピアノソナタ encore pieces」（同）
「楽聖少女」（同）
「楽聖少女2」（同）
「楽聖少女3」（同）
「楽聖少女4」（同）
「東池袋ストレイキャッツ」（同）
「すべての愛がゆるされる島」（メディアワークス文庫）
「終わる世界のアルバム」（同）
「終わる世界のアルバム」（単行本 アスキー・メディアワークス刊）
「死図眼のイタカ」（一迅社文庫）
「さくらファミリア！」（同）
「さくらファミリア！2」（同）
「さくらファミリア！3」（同）
「シオンの血族1 魔王ミコトと千の花嫁」（同）
「シオンの血族2 魔王ミコトと九十億の御名」（同）

「シオンの血族3　魔王ミコトと那由他の十字架」（同）
「ばけらの！」（GA文庫）
「ばけらの！2」（同）
「剣の女王と烙印の仔Ⅰ」（MF文庫J）
「剣の女王と烙印の仔Ⅱ」（同）
「剣の女王と烙印の仔Ⅲ」（同）
「剣の女王と烙印の仔Ⅳ」（同）
「剣の女王と烙印の仔Ⅴ」（同）
「剣の女王と烙印の仔Ⅵ」（同）
「剣の女王と烙印の仔Ⅶ」（同）
「剣の女王と烙印の仔Ⅷ」（同）
「花咲けるエリアルフォース」（ガガガ文庫）
「生徒会探偵キリカ1」（講談社ラノベ文庫）
「生徒会探偵キリカ2」（同）
「生徒会探偵キリカ3」（同）
「生徒会探偵キリカ4」（同）
「生徒会探偵キリカ5」（同）
「神曲プロデューサー」（単行本　集英社刊）

本書に対するご意見、ご感想をお寄せください。

電撃文庫公式ホームページ 読者アンケートフォーム
http://dengekibunko.dengeki.com/
※メニューの「読者アンケート」よりお進みください。

ファンレターあて先
〒102-8584　東京都千代田区富士見 1-8-19
アスキー・メディアワークス電撃文庫編集部
「杉井 光先生」係
「くろでこ先生」係

初出

「セミアコースティックの幽霊」／電撃文庫MAGAZINE Vol.36(2014年3月号)
「アンプラグドの涙」／電撃文庫MAGAZINE Vol.37(2014年5月号)
「空飛ぶ最終列車」／電撃文庫MAGAZINE Vol.32(2013年7月号)
「野良猫は明日を知らない」／電撃文庫MAGAZINE Vol.33(2013年9月号)

文庫収録にあたり、加筆・訂正しています。

「そばで見つめていたい」は書き下ろしです。

電撃文庫

東池袋《ひがしいけぶくろ》ストレイキャッツ

杉井《すぎい》 光《ひかる》

発　行　2014年6月10日　初版発行

発行者　塚田正晃
発行所　株式会社KADOKAWA
〒102-8177　東京都千代田区富士見2-13-3
03-3238-8521（営業）
プロデュース　アスキー・メディアワークス
〒102-8584　東京都千代田区富士見1-8-19
03-5216-8399（編集）
装丁者　荻窪裕司 (META＋MANIERA)
印刷　株式会社暁印刷
製本　株式会社ビルディング・ブックセンター

ISBN978-4-04-866624-4　C0193　Printed in Japan

電撃文庫　http://dengekibunko.dengeki.com/
株式会社 KADOKAWA　http://www.kadokawa.co.jp/

電撃文庫創刊に際して

文庫は、我が国にとどまらず、世界の書籍の流れのなかで〝小さな巨人〟としての地位を築いてきた。古今東西の名著を、廉価で手に入りやすい形で提供してきたからこそ、人は文庫を自分の師として、また青春の想い出として、語りついできたのである。

その源を、文化的にはドイツのレクラム文庫に求めるにせよ、規模の上でイギリスのペンギンブックスに求めるにせよ、いま文庫は知識人の層の多様化に従って、ますますその意義を大きくしていると言ってよい。

文庫出版の意味するものは、激動の現代のみならず将来にわたって、大きくなることはあっても、小さくなることはないだろう。

「電撃文庫」は、そのように多様化した対象に応え、歴史に耐えうる作品を収録するのはもちろん、新しい世紀を迎えるにあたって、既成の枠をこえる新鮮で強烈なアイ・オープナーたりたい。

その特異さ故に、この存在は、かつて文庫がはじめて出版世界に登場したときと、同じ戸惑いを読書人に与えるかもしれない。

しかし、〈Changing Times,Changing Publishing〉時代は変わって、出版も変わる。時を重ねるなかで、精神の糧として、心の一隅を占めるものとして、次なる文化の担い手の若者たちに確かな評価を得られると信じて、ここに「電撃文庫」を出版する。

1993年6月10日
角川歴彦

電撃文庫

神様のメモ帳
杉井 光
イラスト／岸田メル

大きな瞳、真っ白な肌、長い黒髪。アリスと名乗る少女は、自らを〝ニート探偵〟と呼んだ——。高校生ナルミを変えた冬の出会いと事件を描いた青春ストーリー。

す-9-4 1381

神様のメモ帳2
杉井 光
イラスト／岸田メル

ニート探偵事務所の扉をタイ人の少女が叩く。彼女は2億円を抱えていて父親から身を隠すように言われたというが——。ニートティーン・ストーリー第2弾。

す-9-5 1448

神様のメモ帳3
杉井 光
イラスト／岸田メル

記憶を失い戻ってきた彩夏。廃部の危機を迎えた園芸部。その創設に絡む死亡事件——ニート探偵アリスの出す答えは？ ニートティーン・ストーリー第3弾。

す-9-8 1612

神様のメモ帳4
杉井 光
イラスト／岸田メル

かつて四代目とともに平坂組をつくりあげた平坂が街に戻ってくる。因縁ある二人の間に立たされたナルミの決断とは!? ニートティーン・ストーリー第4弾。

す-9-11 1800

神様のメモ帳5
杉井 光
イラスト／岸田メル

ミンさんのラーメンや平坂組のバカたちにまつわるエピソードを収録。書き下ろしでは草野球でヤクザと対決!? ニートティーン・ストーリー、初めての短編集。

す-9-13 1943

電撃文庫

神様のメモ帳6
杉井 光
イラスト／岸田メル

ミンさんに結婚話!? それを聞いて真っ先に立ち上がったのは……ヒロさんだった！ 「電撃文庫MAGAZINE」に連載されたものに加筆訂正、さらに書き下ろしも！

す-9-14 2089

神様のメモ帳7
杉井 光
イラスト／岸田メル

全ニートの厄日、勤労感謝の日を息を潜めてやり過ごしたアリスのもとに依頼にやってきたのは人気のアイドルで――。ニートティーン・ストーリー、第7弾。

す-9-15 2155

神様のメモ帳8
杉井 光
イラスト／岸田メル

雀荘荒らしを調査中のナルミの前に現れたのは、四代目の父親！ 平坂組の危機と賭け麻雀騒ぎの裏で、一年前のあの悪夢がふたたび街に忍び寄る……。

す-9-16 2186

さよならピアノソナタ
杉井 光
イラスト／植田 亮

「六月になったら、わたしは消えるから」ピアニストにして曰くありげな転校生の真冬と、平凡なナオの出会いと触れ合いを描くボーイ・ミーツ・ガール・ストーリー。

す-9-6 1515

さよならピアノソナタ2
杉井 光
イラスト／植田 亮

天才ピアニストの真冬をギタリストとして迎えた民俗音楽研究部は海へ合宿に行くことになるが、ナオを巡って戦いが勃発し!? 恋と革命と音楽の物語、第2弾。

す-9-7 1570

電撃文庫

視ル視ルうちに好きになる

扇風気 周
イラスト／フカヒレ

「だってあなたは、世界に絶望しているものね」未来が視える早苗と生命が視える洋平。特別な〝視える力〟を持つ二人が奏でるレクイエム。

せ-4-1　2765

男子高校生で売れっ子ライトノベル作家をしているけれど、年下のクラスメイトで声優の女の子に首を絞められている。Ⅰ —Time to Play—〈上〉

時雨沢恵一
イラスト／黒星紅白

彼女の手は、とてもとても、冷たい。それは、まるで、鎖のマフラーでも巻かれたかのようだ。彼女が泣きながら叫んだ。「どうしてっ!?」。それは僕が知りたい。

し-8-42　2675

男子高校生で売れっ子ライトノベル作家をしているけれど、年下のクラスメイトで声優の女の子に首を絞められている。Ⅱ —Time to Play—〈下〉

時雨沢恵一
イラスト／黒星紅白

僕は、東京へ向かう特急列車の車内にいる。いつもの、窓側の席に座っている。列車は動き出した。隣の席は、空いている。似鳥は来るか？ 来る。僕には分かる。

し-8-43　2707

男子高校生で売れっ子ライトノベル作家をしているけれど、年下のクラスメイトで声優の女の子に首を絞められている。Ⅲ —Time to Pray—

時雨沢恵一
イラスト／黒星紅白

女子高校生で新人声優をしていますが、年上のクラスメイトでライトノベル作家の男子の首を絞めています。——もう二度と、こんなことはしたくなかったのに。

し-8-44　2754

天使の3P《スリーピース》！

蒼山サグ
イラスト／てぃんくる

過去のトラウマから不登校気味の貫井響は、密かに歌唱ソフトで曲を制作するのが趣味だった。そんな彼にメールしてきたのは、三人の個性的な小学生で——!?

あ-28-11　2347

電撃文庫

天使の3P《スリーピース》！×2
蒼山サグ
イラスト／てぃんくる

とある事情によりキャンプで動画を撮ることになった『リトルウイング』の五年生三人娘。なぜか響も一緒にお泊まりすることになり、何かが起きないわけがない!?

あ-28-15　2626

天使の3P《スリーピース》！×3
蒼山サグ
イラスト／てぃんくる

小学生三人娘と迎える初めての夏休み。響たちの許に届いたのは島おこしイベントの出演依頼だった。海遊びに興味津々な三人だが、依頼先に待っていたのは——!?

あ-28-17　2750

ストレンジムーン　宝石箱に映る月
渡瀬草一郎
イラスト／桑島黎音

〝人生は宝石箱。そこに何を詰めるかは自分次第——〟。高校生・月代玲音と、封印から解放された「マリアンヌの宝石箱」を巡る現代伝奇ファンタジー！

わ-4-35　2553

ストレンジムーン2　月夜に踊る獣の夢
渡瀬草一郎
イラスト／桑島黎音

ついに復活した〝皇帝〟ブロスペクト。その驚異的な力の前に揺れるキャラバン。両者の狭間に立ち、玲音と記録者が選ぶ道は——。現代伝奇ファンタジー第2弾！

わ-4-36　2642

ストレンジムーン3　夢達が眠る宝石箱
渡瀬草一郎
イラスト／桑島黎音

ついに姿を現した〝金の記憶の彫金師・リコルドリク〟。迷宮神群を巡るキャラバンと皇帝ブロスペクトの闘いの結末は!?『ストレンジムーン』完結編。

わ-4-37　2753

電撃文庫

韻が織り成す召喚魔法 -バスタ・リリッカーズ-
真代屋秀晃
イラスト／x6suke

美少女悪魔との契約によって手に入れた悪魔の道具“サタニックマイク”、そしてはじまるラップバトル！ 第20回電撃小説大賞《金賞》受賞の召喚魔法MCバトル！

ま-15-1 2687

韻が織り成す召喚魔法2 -クレイジー・マネー・ウォーズ-
真代屋秀晃
イラスト／x6suke

不本意にも最強ラッパーとして祭り上げられた真一の前に、新たなサタニックマイクを持つ幼馴染・朝比奈緋奈が立ちはだかる。ポップでラップなマイクバトル、第2弾ちぇけらっ！

ま-15-2 2758

王手桂香取り！
青葉優一
イラスト／ヤス

将棋部部長の桂香に片想いしている歩は、駒の化身の美少女たちの指導のもと、将棋に恋に奮闘する！ 第20回電撃小説大賞《銀賞》受賞の将棋青春ストーリー！

あ-41-1 2689

王手桂香取り！2
青葉優一
イラスト／ヤス

中学校将棋団体戦の東日本代表となった歩の前に今度は王の駒娘が出現！ 唯我独尊なスパルタ女王の指導でさらなる棋力アップ！ 桂香との恋も頑張ります！

あ-41-2 2756

叛逆のドレッドノート
岩田洋季
イラスト／白もち桜

“煉気”を扱う子供たちが集う《学園》に入学した零は、「共振錯覚」によって反逆の問題娘と恐れられる百華の脳内ピンクな恥ずかしい秘密を知ることに——!!

い-5-33 2764

『俺の妹がこんなに可愛いわけがない』
アニメ公式ガイドグック第2弾、好評発売中!
アニメ
『俺の妹。』がこんなに
■anime ore no imouto. ga konnani maruhadaka na wake ga nai.
丸裸なわけがない。
★主要キャスト6人のグラビア&インタビュー
★版権ギャラリー(48P)
★キャラクター&ストーリーガイド
★スタッフロングインタビュー
ほか、アニメ2期の魅力がたっぷり詰まった
メモリアルファンブック!
★
アニメ
『俺の妹。』がこんなに
丸裸なわけがない。
●電撃文庫編集部◎編
●B5版
フルカラー176ページ
●発売中
電撃の単行本